insel taschenbuch 206

Hermann Hesse

Hermann Lauscher

Hermann Hesse
Hermann Lauscher

Mit frühen, teils unveröffentlichten
Zeichnungen und einem Nachwort
von Gunter Böhmer
Insel Verlag

Wir danken Herrn Otto Röders, Soltau,
der uns die Originale der Illustrationen Prof. Gunter Böhmers
zur Reproduktion zur Verfügung gestellt hat.
Die übrigen, erstmals hier reproduzierten Zeichnungen
hat der Illustrator eigens für diesen Band ausgewählt

insel taschenbuch 206
Erste Auflage 1976
Lizenzausgabe für den Insel Verlag, Frankfurt am Main

Vertrieb durch den Suhrkamp Taschenbuch Verlag
Umschlag nach Entwürfen von Willy Fleckhaus
Satz: LibroSatz, Kriftel
Druck: Nomos Verlagsgesellschaft, Baden-Baden
Printed in Germany

4 5 6 7 8 9 – 88 87 86 85 84 83

Böhmer

GELEITWORT

»Hinterlassene Schriften und Gedichte von Hermann Lauscher, herausgegeben von H. Hesse« war der Titel einer kleinen Broschüre, die im Jahr 1901 in Basel erschienen ist. Es war meine dritte Veröffentlichung, vorausgegangen waren die »Romantischen Lieder« und das Prosabuch »Eine Stunde hinter Mitternacht«.

Im Jahr 1907 veranstaltete Wilhelm Schäfer »für die Mitglieder des Verbandes der Kunstfreunde in den Ländern am Rhein« eine Neuausgabe des inzwischen selten gewordenen Basler Bändchens. In diese Ausgabe, deren Text seither unverändert geblieben ist, wurden die beiden Stücke »Lulu« und »Schlaflose Nächte« neu aufgenommen, beide stammten aus denselben Jugendjahren, in welchen auch der »Lauscher« entstanden war, waren aber bis dahin nicht in Buchform erschienen. Die Niederschrift der »Kindheit« wurde schon im Jahr 1896 begonnen, die andern Stücke des Lauscher stammen alle aus der ersten Hälfte meiner Baseler Zeit; ihnen folgte, ebenfalls in Basel 1902 bis 1903 entstanden, der »Peter Camenzind«.

Bei jeder Durchsicht des »Lauscher« sind mir im Lauf der Jahre Stellen aufgefallen, die ich gern gestrichen oder geändert hätte, zum Beispiel jene jugendlich-hochfahrenden, törichten Worte über Tolstoi am Anfang des Tagebuches. Es schien mir jedoch nicht erlaubt, mein eigenes Jugendbildnis nachträglich umzufälschen.

Der ersten, pseudonymen Ausgabe von 1901 gab ich damals ein Vorwort mit, das hier unverändert wieder mitgeteilt sei.

VORWORT DER ERSTEN AUSGABE

(Ende 1900)

Der Name Hermann Lauscher tritt mit der vorliegenden Publikation zum erstenmal in die Öffentlichkeit. Lauschers Dichtungen, unter fremdem Namen im Druck erschienen, sind einem bestimmten engeren Leserkreise wohlbekannt.

Leider hat der verstorbene Dichter mir verboten, sein Geheimnis preiszugeben und seine früher gedruckten Schriften ihm zu vindizieren. Es war ein Abend in der Weinstube des »Storchen«; Lauscher war von seiner gewöhnlichen traurig bitteren Stimmung befallen, vielleicht warf auch sein bald darauf erfolgter Tod den Schatten einer ängstigenden Ahnung voraus. Er bat mich förmlich, zu schwören, seine Anonymität aufs treueste wahren zu helfen. Vor mir, als dem einzigen Literaten seiner Freundschaft, schien er in diesem Punkte besonders ängstlich zu sein. Ich schwor lachend ewiges Stillschweigen, das Gespräch wendete sich zu literarischen Fragen, wobei Lauscher alle Quellen seiner fast feindseligen Ironie springen ließ. Dann versank er in Schweigen, trank hastig mehrere Becher Wein und nahm plötzlich kurzen Abschied. Ich sah ihn seither nicht wieder – zehn Tage darauf starb er plötzlich auf einer Reise.

Lauschers literarischer Nachlaß enthielt fast nichts als die hier mitgeteilten Stücke. Nächst dem rein persönlichen Wert, den diese für seine Freunde haben, dürften sie als Dokumente der eigentümlichen Seele eines modernen Ästheten und Sonderlings das Interesse aufmerksamer Leser verdienen, namentlich durch die herbe, selbstquälerische Wahrheitsliebe des »Tagebuchs«. Sie entbehren fast ganz die fleißig geschliffene, preziöse Form, welche Lauschers Dichtungen eigen ist, und dürften so, ganz im Sinn ihres Verfassers, auch gewandten literarischen Spürern keinerlei Schlüsse auf dessen anderwärts existierende Autorschaft zulassen.

Durch weitere Notizen über den Dahingegangenen oder durch eine vielleicht zuweilen erwünscht scheinende abrundende Redaktion den persönlich lebendigen Duft der nachstehenden Blätter zu beeinträchtigen, schien mir unerlaubt.

Mögest du mir verzeihen, mein armer, toter Freund, wenn diese Veröffentlichung deiner letzten einsamen Gedanken und Leiden nicht deinem stumm gebliebenen letzten Wunsch entspricht!

Hermann Hesse

Hermann Lauscher

Mit Zeichnungen von Gunter Böhmer

MEINE KINDHEIT

(Geschrieben 1896)

Zu allen Zeiten meines späteren Lebens ist meine Kindheit oft in vielfachen Bildern zu mir getreten, lockig, fremd und unerlöst wie ein blasses Märchenkind. Am meisten suchte mich diese Erinnerung in schlaflosen Nächten heim, mit einem Blumenduft oder einer Liedweise beginnend, bis zu Trauer,

Ungemach und Todesbitterkeit, oder zu einer zärtlichen Sehnsucht nach Streichelhänden und einer milden Neigung zu Gebet und Tränen.

Wenn jetzt noch die Kindheit zuweilen an mein Herz rührt, so ist es als ein goldgerahmtes, tieftöniges Bild, an welchem vornehmlich eine Fülle laubiger Kastanien und Erlen, ein unbeschreiblich köstliches Vormittagssonnenlicht und ein Hintergrund herrlicher Berge mir deutlich wird. Alle Stunden meines Lebens, in welchen ein kurzes, weltvergessenes Ruhen mir vergönnt war, alle einsamen Wanderungen, die ich über schöne Gebirge gemacht habe, alle Augenblicke, in welchen ein unvermutetes kleines Glück oder eine begierdelose Liebe mir das Gestern und Morgen entrückte, weiß ich nicht köstlicher zu benennen, als wenn ich sie mit diesem grünen Bilde meines frühesten Lebens vergleiche. So ist es mir auch mit allem, was ich als Erholung und höchsten Genuß mein Leben lang liebte und wünschte, alles Schreiten durch fremde Dörfer, alles Sternezählen, alles Liegen im grünen Schatten, alles Reden mit Bäumen, Wolken und Kindern.

Der früheste Tag meines Lebens, an den ich mich mit einiger Deutlichkeit erinnern kann, mag etwa in den letzten Teil meines dritten Jahres fallen. Meine Eltern hatten mich auf einen Berg mitgenommen, der durch eine weitläufige Ruine von beträchtlicher Höhe täglich viele Städter anlockte. Ein junger Onkel hob mich über die Brüstung einer hohen Mauer und ließ mich in die ansehnliche Tiefe hinuntersehen. Davon ergriff mich die Angst des Schwindels, ich war aufgeregt und zitterte am ganzen Leibe, bis ich zu Hause wieder in meinem Bette lag. Von da an trat in schweren Angstträumen, denen ich damals oft zur Beute fiel, häufig diese Tiefe herzbeklemmend vor meine Seele, daß ich im Traum stöhnte und weinend erwachte. Was für ein reiches und geheimnisvolles Leben muß vor jenem Tage liegen, von dem mir keine einzige Stunde bewußt ist! So sehr ich mich plagte, vermochte mein Gedächtnis niemals weiter als bis zu jenem Tage vorzudringen. Wenn ich mich aber streng auf meine früheste Zeit und ihre Stimmungen besinne, habe ich den Eindruck, es müsse nächst dem Sinn für Wohlwollen kein Gefühl so früh und stark in mir wach gewesen sein wie das der Schamhaftigkeit. Ich fand bei Kindern von fünf und mehr Jahren manchmal Äußerungen der Schamfreiheit, von denen ich weiß, daß ich ihrer in meinem dritten oder vierten Jahr unfähig gewesen wäre.

Eine genauere Erinnerung an Erlebnisse und an fortdauernde Zustände kann ich nicht weiter als bis in mein fünftes Jahr zurück verfolgen. Hier finde ich zuerst ein Bild meiner Umgebung, meiner Eltern und unseres Hauses, sowie der Stadt und der Landschaft, in welcher ich aufwuchs. In dieser Zeit hat sich die freie, sonnige Straße mit nur einer Häuserreihe vor der Stadt mir eingeprägt, in der wir wohnten, ferner die auffallenderen Gebäude der Stadt, das Rathaus, das Münster und die Rheinbrücken, und am meisten ein weites Wiesenland, hinter unserem Hause beginnend und für meine Kinderschritte ohne Grenzen. Alle tiefen Gemütserlebnisse, alle Menschen, selbst die Porträts meiner Eltern, scheinen mir nicht so früh deutlich geworden wie diese Wiese mit unzähligen Einzelheiten. Meine Erinnerung an sie scheint mir älter zu sein als diejenige an Menschengesichter und erlittene eigene Schicksale. Mit meiner Schamhaftigkeit, welche schon früh von einem Widerwillen gegen eigenmächtige Berührung meines Leibes durch fremde Hände des Arztes oder der Dienstboten begleitet war, hängt vielleicht meine frühzeitige Lust am Alleinsein im Freien zusammen. Die vielen stundenlangen Spaziergänge jener Zeit hatten immer die unbetretensten grünen Wildnisse jener großen Wiese zum Ziel. Diese Zeiten der Einsamkeit im Grase sind es auch, die beim Erinnern mich besonders stark mit dem wehen Glücksgefühl erfüllen, das unsere Gänge auf Kindheitswegen meist begleitet. Auch jetzt steigt mir der Grasduft

jener Ebene in feinen Wolken zu Haupt, mit der sonderbaren Überzeugung, daß keine andere Zeit und keine andere Wiese solche wunderbaren Zittergräser und Schmetterlinge hervorbringen kann, so satte Wasserpflanzen, so goldene Butterblumen und so reichfarbene köstliche Lichtnelken, Schlüsselblumen, Glockenblumen und Skabiosen. Ich fand nie wieder so herrlich schlanken Wegerich, so gelbbrennenden Mauerpfeffer, so verlockend schillernde Eidechsen und Schmetterlinge, und mein Verstand beharrt nur müde und mit geringem Eifer auf der Erkenntnis, daß nicht die Blumen und Eidechsen sich seither so zum Üblen verwandelt haben, sondern nur mein Gemüt und mein Auge.

Beim Darandenken ist mir zumut, als wäre alles Kostbare, was ich später mit Augen sah und mit Händen besaß, und selber meine Kunst, gering gegen die Herrlichkeiten jener Wiese. Da waren helle Morgen, an denen ich, ins Gras gestreckt, den Kopf auf den Händen, über das von Sonne flimmernde, gekräuselte Meer der Gräser hinwegschaute, in welchem rote Inseln von Mohn, blaue von Glockenblumen und lilafarbene von Schaumkraut lagen. Darüber flatterten und reizten mich die blitzgelben Zitronenfalter, die zarten Bläulinge, die in einem kostbaren, gleichsam antiquarisch seltenen Schimmer aufleuchtenden Schiller- und Distelfalter, die schweren Flügel der Trauermäntel, das Edelwild der Segler und Schwalbenschwänze, der schwarzrote Admiral, der seltene, mit Ehrfurcht genannte Apollo. Dieser, den ich aus Beschreibungen meiner Kameraden schon kannte, flog mich eines Tages an, setzte sich in meiner Nähe an die Erde und regte langsam die wunderbaren, alabasternen Flügel, daß ich ihre feine Zeichnung und Rundung sehen konnte, und die blanken Diamantlinien, und auf den Flügelpaaren beide hellblutrote Augen. Weniges aus dieser fernen Zeit hat sich so stark und frisch in meinem Gedächtnis erhalten wie die atemlose, herzklopfende Wonne, welche mich bei diesem Anblick durchdrang. Aber nach der unberechenbaren und grausamen Art der Kinder beschlich ich bald das edle Tier und warf meinen Hut nach ihm. Er schaute um sich, stieg mit elegantem Schwunge auf und war allsogleich in der flirrend goldigen Sonnenluft verschwunden. Irgendeine Art von wissenschaftlichem Interesse war in meinen Jagden und Sammlungen niemals. Die Raupen und die Namen der Schmetterlinge, dortlands Sommervöglein, »Summervögli«, genannt, waren mir nicht wichtig, und für viele erfand ich eigene Namen. Eine Art von rötlichen Fliegen nannte ich »Zitterlinge«, eine Gattung brauner »Schnabler«, und für den gesamten Pöbel der Weißlinge, Waldteufel und anderer wenig schöner und rarer Schmetterlinge hatte ich den verächtlichen Sammelnamen Tolpatsch. Für die gesammelte tote Beute hatte ich wenig Sorgfalt und habe es nie zu einer sauberen Sammlung gebracht.

Von musikalischen Eindrücken vermag ich in diesen Wiesensommern nichts zu finden, es sei denn meine außerordentliche Empfindlichkeit und Furcht vor den Pfiffen der fern vorüberfahrenden Eisenbahn.

Dennoch muß schon damals die Musik mir nahe getreten sein, denn auch die frühesten, undeutlichsten Dämmerbilder des Münsters, welche in mir sich unscharf spiegelten, scheinen mir unzertrennlich vom Schall der Orgel.

Dieses Münster und die Stadt überhaupt lernte ich später und langsamer kennen als die grüne Natur. Denn während ich mich in dieser halbe Tage lang nach Lust allein umtreiben konnte, war mir von den Eltern nicht erlaubt, allein in die Stadt zu gehen, wovon mich auch die Furcht vor dem ungewohnten Gedräng der Menschen und Wagen abschreckte.

Obwohl die grünen Monate meiner Wiesenzeit mir wie ein schöner, gleichmäßig heller, ununterbrochener Traum im Bewußtsein liegen, steigen doch einzelne Tage von besonderem Glanz mit weichen Umrissen daraus auf. Ich gäbe Schätze dafür, von solchen Tagen mich mehrerer erinnern zu können. So oft ich in Gedanken den Weg meines Lebens zurückgehe, so oft überfällt mich eine milde Trauer um die tausend vergessenen Tage. Es lebt niemand mehr, mir von mir selber zu erzählen, und der größere Teil meiner Kinderjahre liegt unerschlossen in unbegreiflicher, goldener Glückseligkeit wie ein Wunder vor meiner Sehnsucht. Es gehört zu den Unvollkommenheiten und Entbehrungen des menschlichen Lebens, daß unsere Kindheit uns fremd werden muß und in Vergessenheit fällt wie ein Schatz, der spielenden Händen entgleitet und über den Rand eines tiefen Brunnens fällt. Bis in die Knabenzeit kann ich den Faden meines Lebens zurückfinden, weiter zurück aber ragen zerstreut in Duft und Dämmerung nur wenige klare Tage, ihn daran zu knüpfen. Von dem Gedächtnis dieser Tage aus blicke ich oft wie von einem Turm rückwärts in meine ersten Jahre und kann nichts als ein bewegtes Meer von Rätseln und Anfängen sehen, ohne Formen, aber mit einem heiligen Fernduft, einem Schleier, der über Wunder und Kostbarkeiten gelegt ist.

Unter jenen vereinzelten Silberblicken ist mir ein Spaziergang besonders teuer, da er das früheste Bild meines Vaters enthält. Der saß mit mir auf der von der Sonne durchwärmten Mauerbrüstung des Bergkirchleins Sankt Margarethen, zum erstenmal mir von der Höhe aus die dortige Rheinebene zeigend. Der erste Eindruck dieser anmutig hellgrünen Landschaft vermischt sich in meiner Erinnerung mit dem klaren Bilde, das ich später durch den häufig wiederholten Anblick gewann. Aber dies älteste Bild von meinem Vater unterscheidet sich von allen späteren. Sein schwarzer Bart berührte meine blonde Stirn, und sein großes, helles Auge ruhte freundlich auf mir. Ich glaube wieder sein Gesicht so von der Seite her zu sehen, wenn ich an jene Rast auf der Mauer denke, mit dem schwarzen Bart und Haar, mit der starken, edlen Nase und dem festen, roten Mund, mit den dunklen Locken im Rücken, dabei das große Auge nach mir gesenkt, der ganze Kopf fest und würdig auf dem blauen Hintergrunde des Sommerhimmels ruhend.

Demselben Sommer mag ein anderes Bild angehören, das ohne Zusammenhang, aber erstaunlich klar und treu mir eingeprägt ist. Ich sehe die ganze hohe, magere Gestalt meines Vaters aufrecht mit zurückgelegtem Haupt einer untergehenden Sonne entgegengehen, den Filzhut in der Linken tragend. An ihn ist meine Mutter sanft im langsamen Gehen gelehnt, kleiner und kräftiger, mit einem weißen Tuch auf den Schultern. Zwischen den kaum noch getrennten, dunklen Häuptern glüht

die blutrote Sonne. Die Umrisse der Gestalten sind fest und goldleuchtend gezogen; zu beiden Seiten steht ein reiches, reifes Kornfeld. An welchem Tag ich so hinter meinen Eltern herwandelte, weiß ich nicht, der Anblick aber ist mir frisch und unverlöschlich geblieben. Ich weiß kein lebendiges oder gemaltes Bild, das mir in Linien und Farben prächtiger erscheint und das mir teurer ist als diese edlen Gestalten auf dem Fußpfad zwischen den Ähren, der roten Glut entgegenwandelnd, schweigsam, vom jenseitigen Glanz übergossen. In ungezählten Träumen und wachen Nächten hing mein Auge an diesem liebsten Kleinod meiner Erinnerung, dem Vermächtnis einer meiner goldensten Stunden. So ist mir nie wieder eine Sonne untergegangen hinter Ährenmeeren, so rot, prächtig, friedsam, so voll Glut und Genüge. Und käme sie mir wieder, es wäre doch nur ein Abend, wie viele sind, und ich würde die vermissen, in deren Schatten ich damals ging, müßte mich abwenden und trauern.

Die Erinnerung an Vater und Mutter beginnt von hier an klar zu werden. Neben meiner Wieseneinsamkeit ging unabhängig ein freundliches, häusliches Leben her. Von diesem ist mein Bewußtsein, der vielerlei Menschen und Anregungen wegen, nicht so einheitlich und deutlich wie von dem Leben im Grase. Wie früh die Neigung meines Vaters zum Genuß der bildenden und der Dichtkunst und die meiner Mutter zur Musik auf mich einwirkten, ist mir unmöglich zu erkennen, denn einzelne Eindrücke dieser Art sind mir erst aus etwas späterer Zeit erinnerlich und müssen notwendig schon viel früher dagewesen sein.

Ich wage nicht, von meinen Kinderspielen viel zu reden. Es gibt nichts Wunderbareres und Unbegreiflicheres und nichts, was uns fremder wird und gründlicher verlorengeht als die Seele des spielenden Kindes. Bei dem leidlichen Wohlstand und der überaus freigebigen Güte meiner Eltern fehlte es mir an reichlichem Spielzeuge nicht. Ich besaß Soldaten, Bilderbücher, Legsteine, Schaukelpferd, Pfeife, Peitsche und Wagen, später auch Kaufladen, Waage, Spielgeld und Vorräte, und zum Theaterspielen standen die Kasten der Mutter zur Verfügung. Dennoch hängte sich meine Phantasie gerne an weniger kommode Gegenstände und schuf Pferde aus Schemeln, Häuser aus Tischen, Vögel aus Tuchlappen und ungeheuerliche Höhlen aus Wand, Ofenschirm und Bettdecke.

Daneben war in den Erzählungen meiner Mutter ein Überfluß von Welten und Brücken für meine Träumerei. Ich habe Leser und Erzähler und Plauderer von Weltruhm gehört und fand sie steif und geschmacklos, sobald ich sie mit den Erzählungen meiner Mutter verglich. O ihr wunderbar lichten, goldgründigen Jesusgeschichten, du Bethlehem, du Knabe im Tempel, du Gang nach Emmaus! Die ganze überschwenglich reiche Welt des Kindeslebens hat kein süßeres und heiligeres

Bild als das der erzählenden Mutter, an deren Knie sich ein Blondkopf mit tiefen Staunaugen schmiegt. Woher haben die Mütter diese gewaltige und heitere Kunst, diese Bildnerseele, diesen unermüdlichen Zauberborn der Lippen? Ich sehe dich noch, meine Mutter, mit dem schönen Haupt zu mir geneigt, schlank, schmiegsam und geduldig, mit den unvergleichlichen Braunaugen!

Nächst dem unerreichbaren Klang und Sinn der Bibelgeschichten sog ich tief aus dem Quell der Märchen. Rotkäppchen, der treue Johannes und Schneewittchen bei den sieben Zwergen über den sieben Bergen nahmen mich in ihren geschwätzigen Kreis. Mein begieriger Sinn erschuf bald aus freier Kraft Gebirge mit mondglänzenden Elfentanzwiesen, Paläste mit seidenen Königinnen, fabelhaft tiefe und greuliche Berghöhlen, von Geistern, Eremiten, Köhlern und Räubern abwechselnd unheimlich bevölkert. Ein schmaler Raum im Schlafzimmer, zwischen zwei Bettstellen, war vorzüglich der ständige Wohnort schlitzäugiger Kobolde, rußiger Bergmänner, geköpfter Umgänger, traumwandelnder Totschläger und grünschielender Raubtiere, so daß ich eine Zeitlang nur in Begleitung Erwachsener und noch lange später nur mit äußerster Aufbietung alles Knabenstolzes daran vorübergehen konnte.

Einmal befahl mir mein Vater, von dort seine Pantoffel zu holen. Ich ging in das Schlafzimmer, wagte mich aber nicht an den Ort des Entsetzens und kehrte kleinlaut zurück, vorgebend, ich hätte die Schuhe nicht gefunden. Mein Vater, der etwas Phantastisches ahnte und ein strenger Feind auch der Notlüge war, schickte mich nochmals hin. Ich betrat wieder das Schlafzimmer, aber meine Angst war nur größer geworden, so daß ich unverrichteter Dinge wiederkehrte, mit derselben Entschuldigung. Der Vater, der mich durch den Türspalt beobachtet hatte, sagte sehr ernst: »Du lügst. Sie müssen dort stehen.« Gleichzeitig ging er selber, sie zu holen. Meine Beklemmung aber war so gesteigert, daß ich selbst den allmächtigen Vater vor meinen Unholden nicht sicher glaubte und mich heulend an ihn hängte, wobei ich ihn unter heißen Tränen beschwor, sich dem Winkel nicht zu nähern. Er ging aber doch, zwang mich mit, bückte sich und kehrte wohlbehalten aus der greuliche Höhle zurück, was ich lange Zeit, unter Dankgebeten, allein seinem unerhörten Mut und einem ganz besonderen Schutz des lieben Gottes zuschrieb.

Ein anderes Mal wuchs mein Angstgefühl vollends ins Krankhafte. Die Begebenheit hat sich mir scharf und genau mit allen peinlichen Zügen eingegraben und hängt wie ein Medusenhaupt schauerlich schön, aber vorwiegend schauerlich, über jener ganzen Zeit der Kinderromantik.

Bei Dunkelwerden kehrten wir, schon ein wenig gruslig gestimmt, einst aus der Stadt zurück, zwei etwa vierzehnjährige Töchter eines Nachbars, ihr Brüderlein und ich. Die hohen Häuser und Türme legten zackige Schatten auf die Straße, Laternen wurden schon angezündet. Dazu kam im Vorübergehen ein Blick in eine Schmiede, wo rußige, halbnackte Männer an der aus dem Dunkeln aufsprühenden Esse mit großen Zangen wie Folterknechte standen, und das mir vorher unbekannte trunkene Gejohle einiger Wirtshausbrüder, das mir raubtierartig und verbrecherisch vorkam. Nun, schon fast im Finstern, erzählte eines der Mädchen, selber gruselnd, mir die Geschichte von der Glocke Barbara. Diese hing in der Kirche Barbara und war aus Zauberei und Verbrechen hervorgegangen. Sie rief immerfort den Namen einer ruchlos erschlagenen Barbara mit blutiger Stimme aus und wurde deshalb von den Mördern gestohlen und vergraben. Da, als es Zeit zum Nachtläuten wird, beginnt die Glocke aus der Erde laut und jämmerlich zu tönen:

Barbara bin ich genannt,
In der Barbara bin ich gehangt,
Barbara ist mein Vaterland.

Diese halbgeflüsterte Geschichte regte mich schrecklich auf. Mein Grausen wurde dadurch gesteigert, daß ich es in mir zu verbergen bemüht war, denn der kleine Mitgänger hatte nichts verstanden und steuerte sorglos in den Abend hinein, und vor den ältern Begleiterinnen, obwohl sie selber Angst hatten und nur flüsternd noch redeten, schämte ich mich. So stieg mein Schaudergefühl mit jedem Wort der Erzählung, bis mir die Zähne klapperten. Als aber nach eben beendeter Geschichte auf Sankt Peter die Abendglocke zitternd anschlug, ließ ich in rasender Angst die Hand des kleinen Jungen fahren und rannte, von der ganzen Hölle gehetzt, in die Nacht hinein, stolperte, stürzte und wurde keuchend und zitternd heimgebracht. Die ganze Nacht zitterte ich in schmerzhaften Angstschauern, und eine Zeitlang ging mir, so oft ich das Wort Barbara hörte, etwas Eiskaltes durch das innerste Mark. Von da an glaubte ich noch lebhafter an Kobolde, Vampire und böse Geister, denn sie waren mir mit allen unerhörten Schrecken selber im Nacken gesessen.

Etwa um diese Zeit machte mein eben erwachender Verstand seine ersten Ansprüche und quälte mich so sehr, daß ich häufig tobende Anfälle von machtloser Wut und Ungeduld gezeigt habe. Hier ist auch ein Stück Kindheit, das, wie mir scheint, den meisten Menschen allzu gründlich verlorengeht, der Drang nach Wahrheit, das Verlangen nach Übersicht der Dinge und ihrer Ursachen, die Sehnsucht nach Harmonie und sicherem geistigen Besitz. Ich litt unter zahllosen Fragen ohne Antwort und fand allmählich heraus, daß den befragten Erwachsenen meine Fragen oft unwichtig und meine Nöte unverständlich waren. Eine Antwort, die ich als Ausflucht oder gar als Spott erkannte, schüchterte gar oft meine Seele wieder in ihr allmählich wankendes Gebäu von Mythen zurück.

Wieviel ernster, reiner und ehrfürchtiger würde das Leben vieler Menschen werden, wenn sie etwas von diesem Suchen und Nach-Namen-Fragen auch über die Jugend hinaus in sich bewahrten! Was ist der Regenbogen? Warum winselt der Wind? Woher kommt das Verwelken der Wiesen, woher das Wiederblühen, woher Regen und Schnee? Warum sind wir reich und der Nachbar Spengler arm? Wohin geht am Abend die Sonne?

Auf diese Fragen ging mein Vater, wenn die Weisheit oder Geduld der Mutter zu Ende war, oft mit unvergleichlicher Liebe und Feinheit ein. Als die ständige Begründung, »das hat der liebe Gott eben so gemacht«, nicht mehr zureichte, erklärte er mir in großen Künstlerzügen die sichtbare Welt, die Oberfläche der Erde mit Kraut und Getier, die Wiederkehr der Gestirne. Zugleich ließ er neben meinem Märchenwald die Edelgestalten der alten Geschichte aufsteigen, und griechische Städte und das alte Rom. Kinder sind weitherzig und vermögen durch den Zauber der Phantasie Dinge in ihrer Seele nebeneinander zu beherbergen, deren Widerstreit in älteren Köpfen zum heftigsten Krieg und Entweder-Oder wird. Dennoch, da ich selber gerne erfand und mit der kindlichen Schöpferkraft spielte, entstanden vielerlei Zweifel. Davon war der lebhafteste gegen die Wahrhaftigkeit eines *orbis pictus* gerichtet, eines Lieblingsbilderbuches, das mich von der ersten Schaulust bis weit in das reifende Knabenalter begleitete und so in meiner Geschichte die umgekehrte Rolle des Robinson und Gulliver in der wirklichen spielte. Ich zweifelte eine Zeitlang sehr stark daran, daß diese Bilder Originale in der wirklichen Welt besäßen und nicht lediglich ergötzliche Phantasien eines Malers seien. Beim Betrachten der Abbildungen von Rittern oder Bauten oder andern historischen Gegenständen erinnerte ich mich mit behaglicher Schlauheit, daß ich auch Achillesse und große Kirchen und ähnliches gezeichnet oder gebaut und meinen Kameraden als die wahren Dinge oder als treue Abbilder ausgegeben hatte. Als mein Vater dahinterkam, schlug er auf einer der letzten Seiten des Buches das mir bisher entgangene Bild einer Kirche unsrer Stadt auf, welche ich sofort mit großer Betroffenheit wiedererkannte. Von da an waren mir auf eine gute Weile wenigstens alle Worte meines Vaters wieder unzweifelhaft und beweiskräftig. Ein Nachbarsjunge teilte mir eines Tages geheimnisvoll und wichtig mit, der »wilde Mann«, eine Hauptfigur in unsern Geschichten und ausgetauschten Phantasieerlebnissen, wohne nicht weit vom Tor am Petersgraben in einem Kornspeicher, sein Vater hätte es ihm gesagt. Der Trumpf war vergebens ausgespielt, denn mein Vater hatte mir bereits eine bessere, wenn schon nicht so deutliche Erklärung gegeben. Ich blieb daher nicht nur skeptisch und ungerührt, sondern antwortete dem Freunde hohnlächelnd und mit großer Genugtuung, er möge nur wieder zu seinem Vater gehen und ihm sagen, er wäre ein Kamel. Diese Antwort trug mir erst von dem Beleidigten und dann von meinem Vater Prügel ein.

Solchen Züchtigungen von der Hand des geliebten Vaters pflegte ich zwar meistens Trotz und Schweigen entgegenzusetzen, aber mein kleines Herz empfand sie unsäglich bitter, weh und beugend. Sie sind die frühesten Leiden, auf die ich mich besinnen kann, und in der Vorstellung, die ich von meinen Kinderjahren habe, die einzigen Trübungen, die noch vor der Schulzeit eintraten. Auch war es mit dem Schlagen und Trotzbieten keineswegs getan, sondern der bittere Kern der Strafe war die Nötigung, mich zu demütigen und um Verzeihung zu bitten, ehe ich das Auge der Eltern wieder freundlich und ihr Ohr mir offen fand. Freilich wurde dadurch und durch die jedesmalige freundlich-ernste Versöhnung der Züchtigung der Stachel abgebrochen, aber bis ich müd und verständig genug zum »Verzeih«-Sagen war, kostete es immer wieder einen bitteren, tränenreichen Kampf. Der erste Abend, an dem ich ohne Kuß und ohne Begleitung der Mutter stumm und scheu zu Bette ging, ist mir noch wohl erinnerlich. Vielleicht hat, so oft auch später mir das Wasser an die Kehle ging, doch das Gefühl namenlosen Schmerzes und Zwiespaltes niemals mehr so unsäglich auf mir gelastet wie an jenem traurigen Abend. Es war auch der erste Abend, an welchem ich nicht zu beten vermochte. Der Wortlaut meines Betverses stockte mir auf der Zunge, zeigte mir zum erstenmal seinen schweren Ernst und würgte mich wie einen Erstickenden. So diente diese dunkelste Stunde dazu, mir auf einmal das Beten ohne Gedanken unmöglich zu machen.

Indessen wuchs mein Verstand und begann, auf die ersten Belehrungen und Erfahrungen bauend, sich allmählich einer stiller werdenden eigenen Tätigkeit zu erfreuen. Meine Spiele nahmen, ohne Vorbilder zu haben, die verwickelteren, intelligenteren Formen der eigentlichen Knabenspiele an. Das Abc gab mir einen angenehm herben Vorschmack der Schule. Ich besaß schon Erinnerungen und gewöhnte mich, nachdem ein bestimmter Tag für meinen Schulbeginn mir angesagt war, an morgen und übermorgen zu denken.

Dieses wenige ist der ganze Schatz von Erinnerungen an die ersten Jahre, den ich noch besitze. Oder nicht der ganze, denn ich vermochte das Beste nicht auszusprechen, die Empfindungen durchträumter Frühlinge und beglückender Liebhabereien, das milde Nachgefühl kindlicher Freuden und Wehen, herzlicher genossen und tiefer erlitten als viele größere Freuden und Wehen der späteren Zeiten. Ich vermochte nicht die feinen Erinnerungen niederzuschreiben, deren ich einen holden Strauß besitze, an Waldbesuche, an Nachbarfreundschaften, an belauschte Katzenjunge und gestreichelte Lämmer.

Komisch wehmütig berührt mich die letzte Zeit vor dem Besuch der Schule, das Erwachen des Knabenstolzes, das Unsichere des Übergangs vom Träumen zum Denken und das langsame Verblassen der farbigen Phantasie und des ganzen unbeschreiblichen Goldgrundes, auf welchen alle diese frühesten Bilder gemalt sind. Mein Gedächtnis schließt mein letztes freies Kinderjahr mit einem merkwürdigen Abend ab. Es war kurz vor meinem Eintritt in die Schule und der Geburtstag einer kleinen Schwester, der 27. November. Dieser Schwester war für den Augenblick alle Sorgfalt und Liebe des Hauses zugewendet, und ich saß beklommen und allein an einem dunkelnden Fenster. Draußen war Spätherbst und eine frühe sternhelle Nacht. Neben dem Gedanken an den erwarteten ersten Eintritt ins wirkliche Leben war eine Abschiedsstimmung in mir lebendig, und ein halbbewußtes Rückverlangen nach der Ungebundenheit und Traumtiefe der bisherigen Tage. Da war's, daß ich eine Bewegung unter den Sternen zu sehen glaubte. Ich blickte nun starr und unverwandt an den Himmel, und siehe, ein Stern begann seltsam zu flirren und schoß plötzlich in die Finsternis, ohne Spur verglimmend. Und da wieder einer, und dort zwei zugleich, und am Ende eine ganze bewegte Menge. Der Vater kam herein, und die Dienstboten, und so standen wir eine gute Weile still im Dunkeln, das seltene Schauspiel unzähliger Sternschnuppen betrachtend und von der merkwürdigen Stunde berührt, jeder, wie ich glaube, mit dem Gedanken, daß dieser Blick aus dem dunklen Zimmer auf die gleitenden Sterne ihm unvergeßlich bleiben würde.

Mit dem Besuch der Schule begann nun mein menschlich gesellschaftliches Leben. Hier wird das Dasein zuerst zum Bild der Welt im kleinen, hier treten die Gesetze und Maßstäbe des

»wirklichen« Lebens in Kraft, hier beginnt Streben und Verzweifeln, Konflikt und Bewußtsein der Person, Ungenügen und Zwiespalt, Kampf und Rücksichtnahme, und der ganze endlose Kreislauf der Tage. Zuerst die Teilung der Zeit in Alltag und Feiertag! Man muß nach Stunden leben und arbeiten, jeder Tag erhält sein Gewicht und seine feste Geltung und löst sich aus der Zeit als ein besonderes Stück heraus. Die Unergründlichkeit der Monate und Jahreszeiten, das Leben aus dem vollen hat ein Ende; Feste, Sonntage, Geburtstage treten nicht mehr als Überraschungen vor uns hin, sondern ihre Zeit und Wiederkehr ist gleich den Stundenzahlen auf der Uhr fest angeschrieben, und wir wissen, wie lange der Zeiger braucht, bis er sie erreicht.

Der Wunsch meines Vaters, mich selber zu unterrichten, hielt dem allgemeinen Brauch und dem Rat aller Freunde und

Verwandten nicht stand. Ich wurde einer öffentlichen Schule übergeben, hatte mehrere Lehrer, die jährlich wechselten, und litt unter allen Übelständen dieser Anstalten. Schule und Haus waren zwei streng getrennte Dinge, mein Gehorsam hatte zwei Oberhäupter, von denen das eine mit meiner Liebe, das andere mit meiner Furcht rechnen mußte. Das erste Übel lag darin, daß ich, von einem strengen Lehrer an häufige Schläge und Arrest gewöhnt, die väterlichen Strafen bald nicht mehr in der früheren Weise achtete, so daß häusliche Züchtigungen ihren Wert verloren und meinem Vater dieser einfachste Austrag moralischer Unebenheiten allmählich unmöglich gemacht wurde. Daraus folgte für ihn unendlich viel Sorge und Mühe und für mich viel Elend, da nun alle Besserungen und Verzeihungen erschwert waren und lange Zeit erforderten. In solchen kritischen Zeiten war ich manchesmal verzweifelt, krank vor Sorge und Wut und plagte mich mit Elend, Scham, Ärger und Stolz. In der Schule übel behandelt, zu Hause von irgendeiner begangenen Übeltat schweigend bedrückt, warf ich mich oft in der großen Wiese zu Boden und rang schluchzend gegen eine unbekannte, grausame Übermacht. Diese Stunden am Mittagstisch, wenn kein Gespräch möglich war, wenn ich mit Angst an die nächste böse Schulstunde dachte, während eine zurückgedrängte väterliche Strafrede den Eltern, den jüngeren Geschwistern und sogar den Dienstboten in allen Mienen zu lesen war, diese schweigsamen, trotzigen Spaziergänge mit meinem Vater, auf denen ich die Bitte um Verzeihung oder sonst eine Aussprache, welche er erwartete, aus Trotz und Scham in mir niederhielt, liegen mir noch mit aller Schwere hart und widerlich im Gedächtnis.

Da meine Unruhe und eingedämmte Leidenschaftlichkeit und Lebensfülle Raum forderte, warf ich mich auf die mir bisher fremden Knabenspiele mit aller Wildheit meiner jungen Sinne. Ich sprang bald allen Kameraden voran, als Turner, als Feldherr, als Räuberhauptmann oder Indianerhäuptling, am hitzigsten, wenn zu Hause schlechtes Wetter war. Meine Eltern und am meisten die bekümmerte Mutter sahen mich mit Trauer in den Ruf eines Wildfangs und Anstifters geraten, während ich unter ihren Augen meistens stumm und bedrückt umherschlich.

In meinem dritten Schuljahr hatte ich eines Tages einem armen Handwerker in unserer Straße ein Fenster eingeworfen. Der Mann lief zu meinem Vater, erzählte ihm meine, wie er glaubte, absichtlich begangene Tat und fügte noch hinzu, daß ich auch außerdem ein Tunichtgut und Straßentyrann wäre. Als am Abend mein Vater mir dies alles wieder berichtete und auf ein Geständnis drang, war ich über den Ankläger so empört, daß ich auch den unbestreitbar geschehenen Fensterschuß hartnäckig leugnete. Ich wurde ungewöhnlich hart gezüchtigt und glaubte nun vollends meinen Trotz nicht brechen lassen zu dürfen. So verhielt ich mich einige Tage scheu und feindselig, während mein Vater schwieg und ein Schatten auf dem ganzen Hause lag. In diesen Tagen war ich unglücklicher als jemals vorher. Nun mußte mein Vater für eine Woche verreisen. Als ich an jenem Tag aus der Schule kam, war er schon abgereist und hatte ein Brieflein für mich dagelassen. Nach Tisch begab ich mich in die oberste Bodenkammer und öffnete den Brief. Ein schönes Bild fiel heraus und ein Zettel von der Hand des Vaters:

»Ich habe Dich für ein Vergehen gestraft, das Du nicht gestanden hast. Hast Du die Sache dennoch begangen und mich also angelogen, wie soll ich dann noch mit Dir reden? Ist's anders, dann habe ich Dich mit Unrecht geschlagen. In einer Woche, wenn ich wiederkomme, sollte doch einer von uns dem andern verzeihen können.

Dein Vater«

Den ganzen Tag lief ich beklommen und erregt mit dem Zettel in Haus und Garten herum. Dieses Wort von Mann zu Mann erfüllte mich mit Stolz und Reue und traf mich im Herzen, wie kein anderes Wort es hätte können. Am nächsten Morgen kam ich mit dem Blatt ans Bett meiner Mutter, weinte und fand keine Worte. Darauf ging ich im Hause umher wie nach einer langen Abwesenheit, alles war so alt und neu, war mir wiedergeschenkt und von einem Bann erlöst. Abends saß ich seit langer Zeit zum erstenmal meiner Mutter zu Füßen und hörte sie erzählen wie in den Kleinkinderjahren. Es kam so süß und mütterlich von ihrem Munde, aber was sie erzählte, war kein Märchen. Sie sagte mir von Zeiten, da ich ihr fremd geworden sei, und wie da ihre Angst und Liebe mich begleitete; sie beschämte und beglückte mich mit jedem Wort, und dann redeten wir beide mit Namen der Liebe und Ehrfurcht von meinem Vater und freuten uns mit Sehnsucht auf seine Heimkehr.

Der Tag seiner Zurückkunft war zugleich der letzte Tag vor meinen Sommerferien und vollendete so mein Glück. Nach einer kurzen Unterredung kam der Vater mit mir aus seinem Studierzimmer hervor und führte mich der Mutter zu, indem er sagte:

»Hier hast du unseren Buben wieder, Mama. Er gehört seit heute wieder mir.«

»Mir schon seit einer Woche!« rief sie lächelnd dagegen, und wir saßen fröhlich zu Tische.

Die mit diesem Tag beginnende Ferienzeit liegt in meinen Schuljahren wie ein umzäunter, grüner Garten. Tage voll Sonne, Abende mit Spiel und Geplauder, Nächte festen Schlafs mit gutem Gewissen! Jeden Abend wanderte mein Vater Hand in Hand mit mir in einen Steinbruch, der eine halbe Stunde weit vor der Stadt lag. Dort bauten wir Häuser und Höhlen, schleuderten Steine nach dem Ziel und hämmerten nach Versteinerungen. Auf dem Rückweg tranken wir Milch und aßen Brot in einem Meierhof und verzichteten darauf stolz auf das mütterliche Abendessen, die Mutter mit allerlei Geheimnissen nekkend und uns jedes Meisterwurfes und jedes gefundenen Rötels

oder Glitzersteines rühmend. Mein Vater erwies sich als Pfadfinder, Jäger, Scheibenschütz und Erfinder. Halbe Tage wanderten und ruhten wir in Wiesen und an Waldabhängen, ganz mit uns allein, einen Brotlaib in der Tasche, Wege entdeckend und Pflanzen sammelnd, und ich spürte etwas davon, daß mein Vater seine eigene Jugend wieder aufsuchte und sich seiner erfrischten Brust und seiner geröteten Wangen erfreute, denn er war von zarter Gesundheit und wurde viel von Kopfschmerzen und anderen Leiden heimgesucht. Nun wanderten wir wie zwei Knaben miteinander, schnitten Lanzen, ließen Drachen steigen, gruben im Garten und zimmerten im Hofraum allerlei Gerät und Kasten zusammen.

In dieser Zeit etwa begann mein Ohr zu erwachen und meine Phantasie sich mit Melodien zu beschäftigen. Ich liebte es, in Freistunden zum Münster zu gehen und mich durch das Tor zu schleichen, um das Spiel des Organisten zu hören, der stundenlang dort sich seiner Kunst erfreute. Ich summte und sang auf dem Schulweg, im Garten, sogar im Bette und prägte mir viele Choräle und Liedermelodien frühe ein.

Und mit neun Jahren, an meinem Geburtstage, schenkten mir die Eltern eine Geige. Von diesem Tage an ist das hellbraune Geiglein auf allen Fahrten mit mir gegangen, viele Jahre lang, und von diesem Tage an hatte ich ein Abseits, eine innere Heimat, eine Zuflucht, wo seither unzählige Erregungen, Freuden und Kümmernisse sich versammelten.

Der Lehrer war mit mir zufrieden. Mein Gehör und Gedächtnis war scharf und peinlich treu, und allmählich zeigte sich im Lauf der Lehrjahre das, was den Geiger macht, der feste, fähige Arm, das freie Gelenk, die ausdauernden kräftigen Finger.

Fürs erste erwies sich leider die Musik als ein unerwartetes Übel, denn sie nahm mich fast völlig gefangen und verleidete mir den Schülerfleiß. Dagegen lenkte sie meinen Ehrgeiz und meine Knabenwildheit von den gröberen Spielen und Freveln ab, sie milderte meine Hitze und Leidenschaft, sie machte mich schweigsam und verträglich. Ich wurde keineswegs zum Geiger erzogen, mein Lehrer war sogar ein Dilettant, daher war der Unterricht mir ein Vergnügen und zielte weniger auf strenge Übung und Präzision als auf ein baldiges Etwaskönnen. Der erste Choral, zum Geburtstag der Mutter gespielt,

war ein festliches Ereignis. Und alsdann die erste Gavotte, die erste Haydnsonate! Ich war selber voll Freude und Eitelkeit, aber allmählich spürte meine Natur doch einen Mangel, so daß ich vor einem gewissen flotten Strich, einer Dilettantenverve gefährlicher Art bewahrt blieb.

Die Schule ging neben dem her und behielt für mich alle die Jahre bis zum vierzehnten hindurch die Schwüle einer Zwangsanstalt. Wieviel von meinem Leiden und meiner Verbitterung, neben meinen eigenen Fehlern, der ganzen Erziehungsart zur Last fällt, kann ich nicht beurteilen; aber in den acht Jahren, welche ich in den niederen Schulen zubrachte, fand ich nur einen einzigen Lehrer, den ich liebte und dem ich dankbar sein kann. Wer die Kindesseele ein wenig kennt und selber einen Rest ihrer Zartheit sich bewahrt hat, der kennt das Leiden, dessen ein Schulknabe fähig ist, und zittert noch in Scham und Zorn, wenn er sich der Roheiten mancher Schulmeister erinnert, der Quälereien, der berühmten Wunden, der grausamen Strafen, der unzähligen Schamlosigkeiten. Wahrlich, ich meine nicht die fleißige Rute, deren jeder Knabe bedarf; ich meine aber die Frevel, die an dem Glauben und dem Rechtssinn des Kindes geschehen, die rohen Antworten auf schüchterne Kinderfragen, die Gleichgültigkeit gegen den Trieb der Kindheit nach einer Einigung ihrer stückweise erworbenen Kenntnis der Dinge, den Spott als Antwort auf kindergläubige Naivitäten. Ich weiß, daß ich nicht allein in solcher Weise gelitten habe und daß mein Unwille darüber und meine Trauer um zerstörte und verkümmerte Teile meiner jungen Seele nicht die Verbitterung eines nervösen Einzelnen ist; denn ich habe von vielen diese Klagen gehört. Ich weiß wohl mit der eigentümlichen Art des Knabenalters zu rechnen, als einer heiklen, problematischen Zeit der Scheidungen, Beschneidungen und Häutungen, voll von schwer verständlichen Erregungen und Exzessen; aber ich kann mich der Trauer und der Anklage nicht enthalten. Die ganze Zeit meines späteren Lebens bin ich mit einer besonderen Vorliebe den kleinen Knaben zugetan gewesen und fand gar oft meine ehemaligen Ängste in errötenden Knabengesichtern wieder.

Es widerstrebt mir, einige dieser Bitternisse aufzuzeichnen, meine Erinnerung irrt in dieser Zeit der verwelkenden Kindheit und erwachsenden Jünglingszeit befangen und bedrückt umher.

Hell und verklärt von Verehrung und Liebe zeigen sich mir die Unterweisungen, die ich in Garten, Feld und Studierzimmer von meinem Vater genoß. Diese schlossen mir die verschwisterten Reiche der Geschichte und der Dichtung auf. Mit gekrönten Königen und geschlagenen Duldern, mit Heerzügen und prachtvollen Städten breitete sich die Geschichte der Griechen aus, und die der Römer mit ruhmbekränzten Siegern, unterjochten Erdteilen und fabelhaften Triumphzügen, neben welcher Pracht und Höhe lange Zeit die Jagden und blutigen Wanderungen der ältesten deutschen Zeit mir wenig Freude machten.

Der freundschaftlich in Frage, Antwort und Erzählung erteilte väterliche Unterricht legte einen guten Grund in mir. Was in der Schulstube und im Mund der Lehrer mir langweilig und peinlich erschien, gewann hier anziehende Formen und schien mir alles ernstlichen Fleißes würdig.

In meiner Klasse pflegte ich, obwohl ich nie ein Lehrerliebling war, mich meist auf den oberen Plätzen zu halten und besonders im lateinischen Unterricht mir gute Zeugnisse zu erwerben. Die lateinische Sprache lernte ich leicht und mit Eifer, sie blieb durch meine Schülerzeit und durch mein Leben mir befreundet und geläufig.

So fand man mich zur Vorbereitung auf den Eintritt in eine schwäbische gelehrte Schule würdig. Das Examen wurde leidlich bestanden. Meine erste Schulzeit war zu Ende, und ein sommerlicher Ferienmonat lag vor dem ehrgeizig erstrebten Eingang der gelehrten Klosterpforte.

In diesen Ferien las mir mein Vater zum erstenmal Lieder Goethes vor. »Über allen Gipfeln« war sein Liebling.

An einem silbernen Abend, im frühen Monde, stand er mit mir auf einem bewaldeten Berge. Wir atmeten vom Steigen aus und schwiegen nach einem ernsten, herzlichen Gespräch vor der Schönheit der mondhellen, stillen Landschaft.

Mein Vater setzte sich auf einen Stein, blickte rundum, zog

mich zu sich nieder, schlang den Arm um mich und sprach leise und feierlich jenes unergründliche, wunderbare Lied:

Über allen Gipfeln
Ist Ruh.
In allen Wipfeln
Spürest du
Kaum einen Hauch,
Die Vöglein schweigen im Walde,
Warte nur, balde
Ruhest du auch.

Hundertmal habe ich seitdem die Worte gehört und gelesen und gesprochen, in hundert Lagen und Stimmungen – Die Vöglein schweigen im Walde –, und jedesmal befiel mich eine milde, herzerlösende Schwermut, und jedesmal senkte ich dabei das Haupt und hatte ein seltsam wehes Glücksgefühl, als kämen die Worte aus dem Munde meines an mich gelehnten Vaters, als fühlte ich seinen Arm um mich gelegt, und sähe seine große, klare Stirn, und hörte seine leise Stimme.

DIE NOVEMBERNACHT

Eine Tübinger Erinnerung

(Geschrieben 1899)

Über Tübingen hing eine schwarze, verwölkte Novembernacht. Sturm und Sprühregen klirrte und zitterte durch die engen Gassen, aufflackernde rote Laternenlichter glänzten trüb auf dem nassen Pflaster wider. Trüb und schwarz mit zwei, drei kleinen roten Fensteraugen lag das alte Schloß wie ein halbschlafendes träges Untier auf seinem langen Hügel, Fetzen von Wolkenschleiern um die spitzen Dächer. In den großen, ernsten Alleen standen die alten Kastanien, Linden und Platanen kahl und hager im Sturm wie eine trübselig standhafte Armee von Greisen. Blätterwirbel trieben über die feuchten Wege, faul und grau lagen die großen Herbstwiesen, an den Rändern da und dort von einer windscheuen Laterne zackig und roh beleuchtet. Der langgezogene, müde Pfiff des letzten Reutlinger Zuges drang vom nahen Bahnhof durch die schwere Luft und paßte mit seinem heiseren, hinsterbenden Geräusch vortrefflich in die Tonart des ganzen Abends.

In den Pausen des Sturmes ward das kühle Rauschen des Neckars laut. Die Ufer lagen tief in graue, traurige Ruhe gehüllt, und von den vielen hellen liederlauten Sommerabendfesten war keine leise Spur mehr geblieben, so wenig dem breiten, traurigen Stiftsgebäude noch eine Spur von den zahlreichen, glänzenden Geistern anhing, die darin vor Zeiten schwärmerische, dämmernde Jugendsemester verlebten. Es seien denn einzelne nachklingende, elegische Laute aus der umflorten Harfe des armen Hölderlin. Statt dessen brannte dort die strenge, fleißige Gegenwart in zahlreichen Studierampeln über die ganze Breitseite des Stifts verteilt und glänzte mattrot durch die breiten, niederen Fenster. Dort lagen jetzt Kompendien, Wörterbücher und Texte ohne Zahl vor ernsthaften, jungen Augen aufgeschlagen; Ausgaben des Platon, Aristoteles, Kants, Fichtes, vielleicht auch Schopenhauers, Bibeln in hebräischer, griechischer, lateinischer und deutscher Sprache; vielleicht brütete hinter diesen Fenstern zur Stunde ein junges philosophisches Genie über seinen ersten Spekulationen, während zugleich ein zukünftiger schwergeharnischter Apologet die ersten Steine seines Trutzgebäudes legte.

Zwei junge Männer, die jetzt von der unteren Neckarbrücke her durch die Platanenallee gegangen kamen, blickten lachend hinüber und zeigten wenig Respekt vor der ernsten zukunftschwangeren Geistesburg. Sie wandelten, in grauen Lodenmänteln, des Regens ungeachtet, langsam durch die stürmende Herbstnacht. »Hast du noch was drin?« fragte der Kandidat Otto Aber seinen Begleiter, worauf dieser, der Dichter Hermann Lauscher, eine bauchige Benediktinerflasche aus der Manteltasche zwängte und dem Kandidaten reichte.

»Der letzte Schluck!« rief dieser und schwenkte die Flasche gegen das jenseits des Flusses ragende Stift. »Prosit Stift!«

Er leerte die Bouteille mit einem kurzen Schluck.

»Was machen wir mit dem Scherben?« fragte Lauscher. »Wir könnten auf die Wache gehen und ihn der lieben Tübinger Stadtpolizei verehren.«

»Was Stadtpolizei!« lachte Aber. »Da!«, und er schleuderte die Flasche über den Neckar, daß sie an einem Pfeiler des Stiftsbaues zersplitterte. »Jetzt wohin?«

»Ja wohin?« sagte Lauscher nachdenklich. »In der ›Steinlach‹ krepiert man am Wein, in der ›Silberburg‹ ist die Schorschel nimmer da, im ›Kaiser‹ säuft der Roigel, in der ›Sonne‹ ist's zu voll, im ›Löwen‹ –«

»Hallo, in den ›Löwen‹!« rief Aber. »Mir fällt ein, daß der Säbelwetzer und der Elenderle heut abend dort sind und die Mensur vom Donnerstag verschwellen. Komm! Übrigens ist's ein Sauwetter.«

Der Kandidat zog seinen langen Mangel enger an sich und schlug ein rascheres Tempo an.

»Was rennst du!« rief Lauscher. »Für uns ist das Wetter lang gut genug. Mir paßt's so besser, als Lump im Sonnenschein zu spielen. Wenn der Benediktiner nicht ausgepfiffen hätte, wär' ich für eine Naturkneipe. Außerdem ist der Säbelwetzer langweilig, und der Elenderle wird schon bald wieder am Heulen sein. – Trinken sie Uhlbacher? Dann geh' ich nicht mit, der Uhlbacher vom ›Löwen‹ haßt mich. Aber was versteht ihr von Wein!«

»Weinprotz!« lachte Aber. »Nein, sie haben eine uralte Moselwette dort stehen, oder Winkler oder was Ähnliches. Jedenfalls was Besseres. – Dabei fällt mir ein: warum gründen wir eigentlich nichts? Wir vier oder fünf hocken doch ewig zusammen, man könnte den Appenzeller und so ein paar Bierhühner mitlotsen, es gäbe so was wie eine Ausstellung der Zurückgewiesenen.«

»Gründen?« brauste Lauscher auf, der damals das spätere *cénacle* noch nicht ahnte. »Lieber werd' ich Eremit.«

»Warum nicht gar! Es gäbe ein Kollegium von Ausgetretenen aus allen fashionablen Verbindungen oder von Rettungslosen aus allen Fakultäten. Der Elenderle würde die Sündenlast der Gesellschaft in Tränen umsetzen, der Säbelwetzer bekäme ein Dauerpaukwams und würde auf alle Waffen für uns losgegehen, ich wäre die Bierkommission, du Schrift- und Weinwärtel...«

»Und so weiter. Schon gut.«

»Der Appenzeller würde sich unübertrefflich dazu qualifizieren, Mitteilungen und Forderungen der Gesellschaft den Chargierten der Verbindungen zu überbringen. Der Nebukadnezar wäre ein *censor morum* ohnegleichen. Der Kaißer hat einen Onkel, der Weinberge besitzen soll; der Schnauzer ist reich und dumm –«

»Und dann würden wir eine Kneipe mieten und zweimal in der Woche ›Altheidelberg› und ›Es geht ein Lumpidus‹ miteinander singen. Und Füchse keilen. Und Präsidepauken schwingen. Ich danke.«

»Warum? Wir könnten im ›Schwarzwälder‹ kneipen und im Komment alle anständigen Lokäler verbieten. Zum Beispiel: Wer im ›Ochsen‹ oder im Innern der Aula betroffen wird, zahlt eine Mark Buße. Wer fachsimpelt, zahlt zwei Maß . . .«

»Nein, bitte, du fängst wieder an, nach Komment zu riechen.«

Die Freunde waren auf der alten Brücke angelangt. Aus der Kneipe der Burschenschaft klang lauter Chorgesang. Der

Neckar strömte wild um den breiten Brückenpfeiler, auf dem raschen Wasser glänzten unruhig die Laternenlichter, schwarz und großartig streckte sich die Platanenallee in die Nacht. Vom Turm der Stiftskirche tönte das Stundenhorn, zackig und wechselvoll beleuchtet stand die malerische Häuserreihe des hohen Neckarufers bis zum alten Stift hinab. Beide Freunde schwiegen, solange sie über die Brücke gingen. Vielleicht stieg beim Anblick der schönen, nächtlichen Stadt, beim Rauschen des Neckars und Singen der Studenten in beiden das Erinnern an die kaum vergangenen Tage auf, da ihnen noch die eigentümliche, romantische Schönheit und Stimmung dieser Stelle ahnungsvoll und freudig ans Herz gerührt hatte, da sie noch mit der Hoffnung und dem ganzen süßen, krausen Stimmungsduft der ersten Semester hier gegangen waren.

Sie bogen um die Brückenmühle, stiegen die steile Gasse zum Holzmarkt hinauf, gingen an der Stiftskirche vorüber, über die schmale Kirchgasse und den öden Markt an der »Sonne« vorbei und gelangten durch Nässe und Schmutz an die Hintertür des »Löwen«, durch welche man über drei steile Stufen hinab direkt in das »Nebenzimmer« tritt. Ehe sie eintraten, blickten sie durch eins der niederen Fenster in die schmale Stube hinab und sahen Elenderle und Säbelwetzer am letzten Tisch beim Wein sitzen.

»Sie trinken Winkler!« frohlockte Aber. »Hab' ich's nicht gesagt? Du meldest dich mit deiner Blume, wegen ungebührender Respektlosigkeit.«

»Prolet! Meinetwegen«, murrte Lauscher, und trat zuerst in die schmale Tür. Aber folgte nach, drehte unwillig ein an der Wand hängendes Gerolsteiner Mineralwasserplakat um und ließ sich von der herzueilenden Wirtstochter Mathilde den Mantel abnehmen.

Jetzt bemerkten die Weintrinker die Ankommenden.

»Höchste Zeit«, rief der Säbelwetzer. »Wollet ihr trinken? Wollet ihr ein Bad nehmen? Wollet ihr euch ersäufen? An

Winkler fehlt es nicht. Mein Leben mach' ich keine solche Wette mehr. Fünfzehn Flaschen, ist's nicht zum Langweiligwerden?«

»Keine Angst!« rief Lauscher. »Mathilde, zwei Gläser!« Er prüfte eine der im Kübel stehenden Flaschen und schenkte ein. »Meine Blume, Aber!«

»Sauf's!«

»Na?« fragte der Säbelwetzer.

»Er ist gut«, gab Lauscher kurz zur Antwort, ließ den linken Arm über die Stuhllehne hängen, füllte seinen Römer nach und trank ihn mit einem langen sicheren Schluck hinunter.

»Wo spukt's wieder?« fragte der Säbelwetzer. »Du hast deinen allerbeinernsten Schädel aufgesetzt.«

»Du weißt«, fiel Aber ein, »Schnaps verträgt er nicht. Der Benediktiner –« Lauscher stieß durch die Zähne einen langen Pfiff.

»Halt's Maul, Aberchen! Überhaupt fragt man nicht so dumm, Säbelwetzer.« Er trank ein neues Glas an. »Ihr seid eigentlich doch eine Schweinebande, liebe Freunde«, fuhr er dann langsam und ernsthaft fort, »und mich wundert's selber, daß ich allemal wieder bei euch bin.«

Elenderle lachte und trank dem Dichter zu.

»Aber was tun? Ihr seid wenigstens bloß langweilig und im übrigen gute Brüder.«

»Hm – hm –«

»Ja, brummt nur! Oder hat vielleicht einer von euch etwas anderes an Geist zu verbrauchen als die übrigen Brocken aus seiner Fuchsenzeit? Oder hat einer von euch eine Ahnung von Humor, von Philosophie, von Kunst? Oder –«

»Na, hör mal«, lachte der Kandidat Aber, »eh du so protestest, sei doch so gut und serviere uns einmal deine Kunst, deine Philosophie, deinen Humor! Er muß anderswo als in deinen sentimentalen Versen stecken –«

»Das tut er auch. Was Verse! Daß ich hier sitze und euren

Wein mit euch trinke und eure desperaten Schädel betrachte, während ich Gold, Silber, Paläste, Märchen und Kleinode in mir liegen habe, das ist der Humor. Was verbummelt ihr? Was ersäuft ihr? Ein Examen, ein bißchen Vermögen, ein Ämtchen, in dem ihr euch geschunden und gelangweilt hättet. Warum? Weil es euch dämmert, daß es sich um solches Zeug nicht zu leben lohnt. Und ich? Schluck um Schluck ersäufe ich ein Stück blauen Poetenhimmel, eine Provinz meiner Phantasie, eine Farbe von meiner Palette, eine Saite von meiner Harfe, ein Stück Kunst, ein Stück Ruhm, ein Stück Ewigkeit. Warum? Weil es sich auch um alles das nicht zu leben lohnt. Weil es sich überhaupt nicht lohnt zu leben; denn Leben ohne Zweck ist öd, und leben mit Zweck ist eine Plage.«

Elenderle lachte fortwährend. Aber nahm einen langen Schluck und sagte gutmütig: »Trink, Lauscher, und mach uns nix Blaues vor.«

»Aber sag«, redete er darauf Elenderle an, »was machst du denn jetzt eigentlich? Weiß dein Alter schon?«

»Was denn?« fragte Lauscher.

»Weißt du nicht? Er ist zum drittenmal nicht ins Examen gestiegen und außerdem relegiert. Na, Elenderle, was denkst du?«

»Denken? Ich hab' mich anwerben lassen.«

»Sackerlot! Anwerben?«

»Ja ja ja ja!«

»Zu was denn? Ist eine Deliriantenarmee gegründet worden?«

»Ganz so was! Ich meinte, ich hätte in meinen vielen Semestern genug Jammertränen vergossen, um mir dafür ein Freibillett in die Gefilde der Seligen zu kaufen.«

»Auch gut«, lachte der Säbelwetzer. »Das ist nicht mehr als billig. In die Hölle wärst du sowieso nicht gekommen, das weiß ich, denn ich habe einmal drei Semester württembergische evangelische Theologie studiert.«

»Aber wer hat dich denn angeworben?« fragte Lauscher.

»Ei wer? Ja, den möchtest du kennen! Ein Herr, sag' ich dir, ein feiner Herr –«

»Rindvieh!« rief Lauscher. »Was du einen feinen Herrn nennst! War er feiner als ich?«

»Viel, viel feiner! Ein Gentleman, sag' ich euch. Übrigens dummes Geschwätz! – er kommt heut abend her, er hat's versprochen.«

»Wa–as? Kein Schwindel? Auf dein Wort?«

»Natürlich, auf alle meine Wörter. Prost, Lauscher!«

»Prost, Elenderle!«

Lauscher zog ein Paket seiner Giftschlangen hervor, schwarze, lange, dünne Zigarren, und bot den anderen an. Er zündete sich eine an, blies Wolken, streifte die Asche ab, nahm hin und wieder einen schnellen Schluck und verfiel in eine träumerisch schwere Trägheit. Auch die andern widmeten sich nun still dem Wein und der Zigarre. Eine bläuliche Wolke hing über dem Tische, man hörte die wenigen übrigen Gäste reden und lachen. Die Freunde tranken Glas um Glas und saßen einander versonnen und fast völlig stumm gegenüber, wie sie schon viele Stunden und viele ganze Abende und Nächte versonnen und stumm beisammen um irgendeinen Trinktisch gesessen waren.

»Ich bin doch neugierig auf deinen Werber«, sagte Aber nach einer langen, langen Pause.

Keine Antwort.

Mathilde öffnete zwei neue Flaschen. Der Säbelwetzer schenkte ein.

»Übrigens«, begann Aber wieder, »übrigens, meine Lieben, was könnte eigentlich aus uns noch werden? Wer wird uns anwerben? Sei's noch um zwei Semester, so ist bei mir die Gnadenfrist vorbei.«

»Und bei mir der Mammon«, sagte der Säbelwetzer. »Umsatteln kann ich nimmer.«

»Ich auch nicht«, gähnte Aber. »Mein Alter ist jetzt schon scheu – Amerika?«

Lauscher lachte.

»Afrika, Asien, Australien?« äffte er nach. »Das nenne ich Sorgen! Weißt du denn, ob du in zwei Semestern noch lebst? Zwei Semester! Bedenke, was in zwei Semestern alles anders werden kann!«

»Zum Beispiel?«

»Zum Beispiel könntest du gerade jetzt, wo du so unvorsichtig deine Zigarre anzündest, dem Mund zu nahe kommen und in Spiritusflammen aufgehen. Ein schöner Tod! Oder du gründest, was ich kommen sehe, deinen Klub, ihr baut ein Klubhaus, und du wirst Kellermeister –«

»Dunder!« rief Aber erregt. »Dunder, noch mal! Das ist eine feine Idee!«

»Oder du gehst«, fuhr Lauscher fort, »du gehst –«

Er brach mitten im Satze ab und stierte blaß auf das gegenüber offenstehende Fenster.

»Na? Was ist los?« rief der Säbelwetzer.

Lauscher deutete mit dem Finger auf das Fenster.

»Da!« rief er stotternd. »Wir spielen doch nicht Freischütz.«

Alle wendeten die Blicke dem ausgestreckten Finger nach. Im Fenster stand ein Mensch von schmaler, hoher Figur, regungslos, hager, frech, blaß, mit Spitzbärtchen am langen Kinn, hoher Stirn, stand und blickte aus hellen, stechenden, stahlgrauen Augen in die Stube.

Der Säbelwetzer war der einzige, der nicht erschrak.

»Sieht aus, als wüßt' er nicht, ob er Kaspar oder Samiel mimen soll«, lachte er. »Soll ich den frechen Bruder anrempeln?«

Der Fremde verschwand vom Fenster. Einen Augenblick später ging die Tür, und er trat ein, schritt durch die Stube und nahm am Tisch der Kameraden Platz.

Der Säbelwetzer wollte aufstehen und den Eindringling mit einer Grobheit fortweisen, da streckte über den Tisch herüber Elenderle dem Gaste die Hand entgegen und lachte.

»Entschuldigen Sie, Herr, ich erkenne Sie eben erst. Darf ich Ihnen meine Freunde vorstellen?«

Mit schon etwas betrunkenen Gesten führte er die Vorstellung aus. Den Namen des Fremden vergaß er zu nennen.

Man saß wieder lange trinkend, stumm und träg am Tisch, bis Lauscher sich erhob.

»Ich gehe. Macht einer noch ein Billard mit?«

Die Freunde schwiegen.

»Ich, wenn Sie wollen«, sagte aufstehend der Unbekannte. »Wir könnten ja alle zusammen in den ›Walfisch‹ gehen. Ich kam eben dort vorbei, das Billard ist frei.«

Alle tranken nun aus und folgten dem Vorschlag. Draußen rann Regen, es war frostig naß und die Kornhausgasse ein Meer von Schmutz. Der »Walfisch« war bald erreicht. Elenderle ging voran die Treppe hinauf. Bei der Gasflamme im Gang hielt Aber den Fremden an.

»Einen Augenblick, wenn Sie erlauben!«

Er blickte nach der Treppe. Die andern waren schon oben.

»Nun?« fragte der Lange.

»Elenderle hat von Ihnen gesprochen«, sagte Aber verlegen. »Sie werben für eine Gesellschaft?«

»Allerdings.«

»Ich könnte – es wäre möglich, daß – kurz, ich möchte Sie kennenlernen.«

»Freut mich. Ich bin nur heute hier, aber Ihr Freund kann Ihnen ja morgen Auskunft geben. Ich komme ziemlich jedes Semester einmal nach Tübingen.«

Sie stiegen den andern nach in das räucherige, verrufene Café hinauf. Elenderle hatte oben schon Sekt bestellt und sich faul in ein Sofa geworfen. Lauscher kreidete schon seinen Billardstock. Der Fremde ergriff einen andern. Er spielte brillant. Die Partie war schnell zu Ende.

»Sie spielen hübsch«, sagte der Lange zum Dichter. »Wenn Sie sich Ihre Scheu vor dem Fiedelstoß abgewöhnen, werden Sie vielleicht bald genial spielen. Hier fängt das Billardspiel erst an. Sehen Sie –«

Er ergriff noch einmal das Queue und tat einen seiner glänzenden, fabelhaften Stöße. Der Ball rollte, nachdem er den weißen Ball berührt, in einem eigentümlichen, unglaublichen Bogen zum roten.

Lauscher staunte. Dann setzten sie sich zu den andern. Aber und Lauscher tranken Kaffee, die andern Sekt und Sherry. Die kleine, unbändige Molly trank mit und freundete sich mit Elenderle auf dem Sofa an.

»Was halten Sie von ihm?« fragte der Fremde Lauschern, indem er leise nach jenem hindeutete.

»Ein Schwein«, flüsterte Lauscher, »ein komplettes Schwein. Aber seelengutmütig.«

»Und der?« Der Lange bewegte das Kinn gegen den Säbelwetzer.

»Nicht ganz so dumm«, urteilte Lauscher, »und auch nicht so geschmacklos. Aber ein Säbelheld. Er verschmerzt es nie, daß ihn die Burschenschaft an die Luft gesetzt hat.«

»Hm. Und der dritte?«

»Aber? Der beste von den dreien, nur ohne Rückgrat. Er hat im stillen heillos vor seiner Krisis Angst.«

»Sie sprechen nett von Ihren Freunden.«

»Warum nicht? Verschiedene Grade von Fäulnis, die verschieden phosphoreszieren.«

»Sie gefallen mir.«

»So?«

Lauscher erhob sich. »Komm!« rief er Abern zu, »wir gehen.«

Der Fremde grüßte die Abgehenden mit einem blanken, häßlichen Lächeln. Der Säbelwetzer war eingeschlafen. Elenderle und Molly schienen die Anwesenheit anderer zu vergessen.

Aber und Lauscher irrten eine halbe Stunde lang im Regen durch die finsteren leeren Gassen. Der »Löwen« war geschlossen, in den »Schwarzwälder« mochten sie nicht gehen, es schlug drei Uhr.

»Komm, ich geh' nach Haus!« rief Aber endlich ungeduldig aus.

»Ich nicht.« Lauscher blieb stehen und blickte um sich. »Alles tot! Was diese Leute schlafen!«

»Komm, wir tun's auch.«

»Nein. Schlafen!« Der Dichter wendete sich um und blickte Abern in das breite, etwas angetrunkene Gesicht. »Du, Aber! Möchtest du jetzt nicht auch ›Pfui Teufel‹ zu allem sagen?«

»Hilft nichts. Lieber gehen wir in den ›Schwarzwälder‹.«

»Was dasselbe ist. Meinetwegen.«

Sie betraten das Lokal und ließen sich Gilka geben. Aber wurde allmählich von der traurigen Laune seines Begleiters angesteckt. Trüb und unzufrieden blickten sie mit toten Augen über die Zigarren weg in den Raum. Drei späte Bummler würfelten an einem Kaffeetischchen, am Büfett schlief die Kellnerin, eine einsame Winterfliege kroch am Gasrohr und schien jeden Augenblick in die Flamme fallen zu müssen, an den Fensterladen hörte man den Regen tropfen.

»Nicht sentimental werden!« sagte Aber nach einer Stunde. Er stürzte sein Gläschen Gilka hinunter; beide verließen den öden Saal und stiegen die steile Judengasse hinab. Im Vorbeigehen hörten sie den Knecht im »Walfisch« die Türen schließen. Am Ende der Schmiedtorgasse, bei der alten Ammerbrücke, hielten sie einen Augenblick an.

»Gehen wir links!« gähnte Aber.

»Es ist näher über die Brücke«, meinte Lauscher heiser; sie gingen hinüber.

Jenseits der Brücke lag auf den Stufen zur Ammer köpflings gestürzt ein Mensch.

»Holla«, rief Aber lachend, »der hat einen guten Schlaf.«

»Jedenfalls einer vom heiligen Verein«, sagte Lauscher und trat näher. »Er wird sich morgen über seinen Heiligenschein wundern.«

»Herrgott«, unterbrach ihn Aber plötzlich, »das ist ja der Elenderle. Kein Mensch in Europa besitzt einen ähnlichen Bratenrock.«

Sie stiegen einige Stufen hinab, Elenderle lag mit dem Gesicht auf den Stufen. Sie hoben ihn auf, geronnenes Blut war auf seinem ganzen Gesicht verschmiert.

»Der ist bös gefallen!« seufzte Aber. Da klirrte etwas am Boden. Aus der starren Hand Elenderles war ein Revolver gefallen, und nun sahen die Freunde auch an der rechten Schläfe eine kleine schwarze Wunde. Lauscher steckte ein Streichholz an.

»Bleib du hier«, sagte Aber mit verwandelter Stimme, »ich gehe zur Polizei.«

»Lassen Sie mich das besorgen«, rief da eine scharfe Stimme. Der Fremde kam vom Ammerweg her die Treppe herauf. Er rückte giftig lächelnd am Hut und blitzte die Freunde grinsend aus den frechen Augen eiskalt und höhnisch an. Beide erschraken bis ans Herz und rannten durch die Nacht davon.

Als sie am andern Tag erwachten, glaubten beide den ganzen Spuk geträumt zu haben. Die Hauswirtin pochte an Lauschers Tür und kam mit dem Kaffee herein.

»Denken Sie, Herr Lauscher, der Jammer! Heute nacht hat sich ein Student das Leben genommen.«

LULU

Ein Jugenderlebnis,
dem Gedächtnis E. T. A. Hoffmanns gewidmet
(Geschrieben 1900)

I

Die schöne alte Stadt Kirchheim war soeben von einem kurzen sommerlichen Regen abgewaschen worden. Die roten Dächer, die Wetterfahnen und Gartenzäune, die Gebüsche und die Kastanienbäume auf den Wällen glänzten freudig neu und stattlich, und der steinerne Konrad Widerhold mit seiner steinernen Ehehälfte freute sich still beglänzt seines noch rüstigen Alters. Durch die gereinigten Lüfte schien die Sonne schon wieder mit kräftiger Wärme herab, in den letzten hangenden Regentropfen des Gezweiges blitzende Funkenspiele entzündend, und die freundliche breite Wallstraße floß vom Glanze über. Kinder sprangen einen fröhlichen Reihen, ein Hündlein kläffte jauchzend ihnen nach, die Häuserzeile entlang flatterte in unruhigen Bögen ein gelber Schmetterling.

Unter den Kastanien des Walls, auf der dritten Ruhebank rechts von der Post, saß neben seinem Freunde Ludwig Ugel der durchreisende Schöngeist Hermann Lauscher und erging sich in heitern und anmutigen Gesprächen über die Wohltat des niedergefallenen Regens und die wieder hervortretende Bläue des Himmels. Er knüpfte daran phantasierende Betrachtungen über Dinge, die ihm am Herzen lagen, und lustwandelte nach seiner Gewohnheit unermüdet auf dem Anger seiner Redekunst. Während der langen schönen Reden des Dichters lugte der stille und vergnügte Herr Ludwig Ugel öftere Male scharf über die Boihinger Landstraße hinaus, in Erwartung eines Freundes, der von dorther eintreffen sollte.

»Ist's nicht, wie ich sage?« rief der Dichter lebhaft aus und erhob sich ein wenig von der Sitzbank; denn die schlechte Lehne war ihm unbequem, auch war er auf einem Stücklein dürren Zweiges gesessen. »Ist's nicht so?« rief er aus und entfernte mit der Linken das Holzstück und dessen Eindruck auf seiner Hose. »Das Wesen der Schönheit muß im Lichte liegen! Glaubst du nicht auch, daß es da liegt?«

Ludwig Ugel rieb sich die Augen; er hatte nicht gehört, wovon die Rede war, und nur die letzte Frage Lauschers verstanden.

»Freilich, freilich«, entgegnete er hastig. »Nur kann man es von hier aus nicht sehen. Es liegt genau dort, hinter der Schlotterbeckschen Scheuer!«

»Wie? Was?« rief Hermann heftig. »Was, sagst du, liege hinter der Scheuer?«

»Nun, Oetlingen! Karl hat keinen andern Weg, er muß notwendig von dorther kommen.«

Verdrießlich schweigend starrte nun auch der durchreisende Dichter auf die helle weite Landstraße hinüber, und wir können beide Jünglinge auf ihrer Bank sitzen und warten lassen; denn der Schatten muß dort noch bei einer Stunde anhalten. Wir wenden uns indessen hinter die Schlotterbecksche Scheuer, finden dort aber weder das Dorf Oetlingen noch das Wesen der Schönheit liegen, sondern eben den erwarteten dritten Freund, den Kandidaten der Jurisprudenz Karl Hamelt. Dieser kam von Wendlingen her, wo er die Ferien zubrachte. Seine nicht übel gewachsene Figur gewann durch ein verfrühtes Fettwerden einen komisch behäbigen Anflug, und in seinem gescheiten, eigensinnigen Gesicht lag die kräftige Nase mit den wunderlich feisten Lippen und den übervollen Wangen im Streit. Das breite Kinn warf über dem engen Stehkragen reichliche Falten, und zwischen Stirn und Hut ragte verschwitzt und ungescheitelt das kurze freche Haupthaar hervor. Er lag rücklings hingestreckt im kurzen Grase und schien ruhig zu schlafen.

Er schlief wirklich, vom heißen mittäglichen Weg ermüdet; ruhig aber war sein Schlummer nicht. Ein seltsam phantastischer Traum hatte ihn heimgesucht. Ihm schien nämlich, er liege in einem unbekannten Gartenlande unter sonderbaren Bäumen und Gewächsen und lese in einem alten Buche mit Pergamentblättern. Das Buch war in wunderlich kühnen, wirr ineinander geschlungenen Lettern einer völlig fremden Sprache geschrieben, die Hamelt nicht kannte noch verstand. Dennoch aber las er und verstand er den Inhalt der Blätter, indem immer wieder, sooft er ermüden wollte, auf zauberische Weise aus dem krausen Durcheinander der Schnörkel und Schriftzeichen sich Bilder hervorlösten, farbig aufglänzten und wieder versanken. Diese Bilder, einander folgend wie in einer magischen Laterne, schilderten die nachfolgende, sehr alte, wahre Geschichte.

Mit demselben Tage, an welchem der Talisman des ehernen Ringes durch betrügerische Magie der Quelle Lask entrissen und in die Hände des Zwergfürsten gefallen war, begann der helle Stern des Hauses Ask sich zu trüben. Die Quelle Lask versiegte bis auf einen schier unsichtbaren Silberfaden, unter dem Opalschlosse senkte sich die Erde, die unterirdischen Gewölbe wankten und brachen teilweise zusammen, im Liliengarten begann ein verheerendes Sterben, und nur die doppelkrönige Königslilie hielt sich noch eine Zeitlang stolz und aufrecht; denn um sie hatte die Schlange Edelzung ihren engsten Reif geschlungen. In der verödeten Askenstadt verstummte Fröhlichkeit und Musik, im Opalschlosse selbst klang und sang kein Ton mehr, seit die letzte Saite der Harfe Silberlied gebrochen war. Der König saß Tag und Nacht wie eine Bildsäule allein im großen Festsaal und konnte nicht aufhören, sich über den Untergang seines Glückes zu verwundern; denn er war der glücklichste aller Könige seit Frohmund dem Großen gewesen. Er war traurig anzusehen, der König Ohneleid, wie er im roten Mantel in seinem großen Saale saß und sich wunderte und wunderte; denn weinen konnte er nicht, da er ohne die Gabe des Schmerzes geboren war. Er wunderte sich auch, wenn er am Morgen und am Abend statt der täglichen Früh- und Spätmusik nur die große Stille und von der Tür her das leise Weinen der Prinzessin Lilia vernahm. Nur selten noch erschütterte ein kurzes, karges Gelächter seine breite Brust, aus Gewohnheit; denn sonst hatte er an jedem lieben Tage zweimal vierundzwanzigmal gelacht.

Hofstaat und Dienerschaft war in alle Winde zerstoben; außer dem König im Saale und der trauernden Prinzessin war einzig der getreue Geist Haderbart noch da, der sonst das Amt des Dichters, Philosophen und Hofnarren versehen hatte.

In die Macht des ehernen Talismans aber teilte sich der feige Zwergfürst mit der Hexe Zischelgift und man kann sich vorstellen, wie es unter ihrem Regimente zuging.

Das Ende der Askenherrlichkeit brach herein. Eines Tages, an dem der König kein einziges Mal gelacht hatte, rief er abends die Prinzessin Lilia und den Geist Haderbart zu sich in den leeren Festsaal. Ein Wetter stand am Himmel und leuchtete durch die schwarzen großen Fensterbogen mit jachem Blitzen fahl herein.

»Ich habe heute kein einziges Mal gelacht«, sagte der König Ohneleid.

Der Hofnarr trat vor ihn hin und schnitt einige sehr kühne Grimassen, die jedoch in dem alten bekümmerten Gesichte so verzerrt und verzweifelt aussahen, daß die Prinzessin die Augen wegwenden mußte und der König das schwere Haupt schüttelte, ohne zu lachen.

»Man soll auf der Harfe Silberlied spielen«, rief König Ohneleid. »Man soll!« sagte er, und es klang den beiden traurig durchs Herz; denn der König wußte nicht, daß Harfner und Spielleute ihn verlassen hatten und daß die zwei Getreuen seine letzten Hausgenossen waren.

»Die Harfe Silberlied hat keine Saiten mehr«, sagte der Geist Haderbart.

»Man soll aber dennoch spielen«, sagte der König.

Da nahm Haderbart die Prinzessin Lilia bei der Hand und ging mit ihr aus dem Saale. Er führte sie aber in den verwelkten Liliengarten zur versiegenden Quelle Lask und schöpfte die allerletzte Handvoll Wasser aus dem Marmorbecken in ihre Rechte, und sie kamen damit zum Könige zurück. Nun zog die Prinzessin Lilia aus diesem Wasser Lask sieben blanke Saiten über die Harfe Silberlied, und für die achte reichte das Wasser nicht mehr hin, so daß sie von ihren Tränen zu Hilfe nehmen mußte. Und nun strich sie mit der leeren Hand zitternd über die Saiten, daß der alte süße Freudenton noch einmal selig schwoll;

aber jede Saite brach, nachdem sie angeklungen, und als die letzte klang und brach, da klang ein schwerer Donnerschlag und brach die ganze Wölbung des Opalschlosses stürzend und krachend zusammen. Dieses letzte Harfenlied aber hatte gelautet:

Silberlied muß schweigen;
Aber einst muß steigen
Aus der Harfe Silberlied
Dieser selbe Reigen.

(Ende der wahren Geschichte vom Wasser Lask.)

Der Kandidat Karl Hamelt erwachte von seinem Traume nicht eher, als bis die beiden Freunde, die ungeduldig ein Stück weit die Landstraße entgegengegangen waren, ihn im Grase liegend fanden. Diese fuhren ihn über seine Saumseligkeit mit unsanften Worten an, auf die jedoch Hamelt mit Schweigen antwortete und sich nur zu einem flüchtig genickten »Guten Morgen!« verstand.

Ugel war besonders ungehalten. »Ja, guten Morgen!« zürnte er. »Es ist lang nimmer Morgen! Antizipiert hast du wieder, in der Oetlinger Kneipe bist du gewesen, der Wein glänzt dir noch aus den Augen!«

Karl grinste und rückte den braunen Filz weiter in die Stirne. »Nun, laß gut sein!« sagte Lauscher. Die drei Freunde wandten sich gegen sie Stadt, am Bahnhof vorüber und über die Bachbrücke, und wandelten langsam auf dem Wall dem Gasthaus »Zur Königskrone« entgegen. Dieses war nämlich nicht nur der bevorzugte Bierwinkel der Kirchheimer Freunde, sondern auch die derzeitige Herberge des durchreisenden Dichters.

Als die Ankommenden sich schon der Kronentreppe näherten, öffnete sich die schwere Haustüre plötzlich weit, und ihnen entgegen stürzte mit Blitzesschnelle ein weißhaariger, graubärtiger Mann, mit zornrotem Gesicht, in heftigster Erregung aus dem Hause. Die Freunde erkannten befremdet den alten

Sonderling und Philosophen Drehdichum und vertraten ihm am Fuß der Treppe den Weg.

»Halt, werter Herr Drehdichum!« rief ihm der Dichter Lauscher entgegen. »Wie kann ein Philosoph so das Gleichgewicht verlieren? Kehren Sie um, Verehrter, und klagen Sie uns Ihren Schmerz im Kühlen drinnen!«

Mit einem schiefen, spitzen Lauerblick des Mißtrauens hob der Philosoph seinen struppigen Kopf und erkannte die drei jungen Männer.

»Ah, da seid ihr«, rief er, »das ganze *petit cénacle*! Eilet ins Innere, Freunde, trinket Bier und erlebet Wunder daselbst; aber verlanget nicht die Teilnahme des gebrochenen Greises, in dessen Herz und Gehirn die Dämonen wühlen!«

»Aber, teurer Herr Drehdichum, was fehlt Ihnen denn heute schon wieder?« fragte teilnehmend Ludwig Ugel, taumelte aber sogleich entsetzt wider die Treppenbrüstung; denn der Philosoph hatte ihm einen Faustsstoß in die Seite versetzt und rannte schäumend und fluchend in die Straße.

»Infame Zischelgift«, brüllte er im Wegeilen, »unglückseliger Talisman, in rotblauer Blume verzaubert! Mißhandelt die einzige, in Staub getreten . . . Opfer satanischer Bosheit . . . Erneute qualvolle Erinnerung . . .«

Verwundert schüttelten die drei ihre Köpfe, ließen jedoch den Wütenden laufen und schickten sich endlich an, die Vortreppe zu ersteigen, als die Türe sich von neuem öffnete und mit einem ins Haus zurückgewinkten freundlichen Abschiedsgruß der Pfarrvikar Wilhelm Wingolf hervortrat. Er wurde von den Untenstehenden mit Heiterkeit begrüßt und sogleich von allen um die Ursache des seligen Glanzes befragt, der sein breites Würdehaupt vergoldete. Geheimnisvoll streckte er den fetten Zeigefinger auf, nahm den Dichter vertraulich beiseite und sagte ihm schalkisch lächelnd ins Ohr: »Denk dir, heute habe ich den ersten Vers in meinem Leben gemacht! Und zwar soeben!«

Der Dichter riß die Augen so weit auf, daß sie oben und unten über die schmalen Ränder seiner goldenen Brille ragten. »Sag ihn!« rief er laut. Der Pfarrvikar wendete sich gegen die drei Freunde, hob wieder den Zeigefinger und sagte mit selig verkniffenen Augen seinen Vers auf:

»Vollkommenheit,
Man sieht dich selten, aber heut!«

Ohne ein weiteres Wort zu verlieren, verließ er hutschwenkend die Kameraden.

»Donnerwetter!« sagte Ludwig Ugel. Der Dichter schwieg nachdenklich. Karl Hamelt aber, der seit seinem Erwachen im Grase noch kein Wort von sich gelassen hatte, sagte mit Nachdruck: »Der Vers ist gut!«

Auf irgend etwas Ungewöhnliches gefaßt, betraten nun endlich ohne weitere Hindernisse die durstig gewordenen Freunde den kühlen Wirtsraum der »Krone«, und zwar die bessere Stube, wo die junge Wirtin selber zu bedienen pflegte und wo sie um diese Tageszeit stets die einzigen Gäste waren und mit der Frau ihre scherzhaften Höflichkeiten trieben.

Das erste Merkwürdige nun, was alle drei bald nach dem

Eintreten und Niedersitzen bemerkten, war dieses: daß ihnen die kleine runde Wirtin heute zum erstenmal gar nicht mehr hübsch erschien. Das rührte aber, wie jeder im stillen bald wahrnahm, davon her, daß im Halbdunkel über die blanke Galerie der geräumigen Kredenz ein fremder schöner Mädchenkopf hervorragte.

2

Das zweite nicht minder Merkwürdige war aber, daß am nächsten kleinen Trinktische, ohne die Ankommenden irgend zu bemerken oder zu grüßen, der elegante Herr Erich Tänzer saß, ein intimes Mitglied der Brüderschaft des *cénacle* und Karl Hamelts besonderer Herzensfreund. Er hatte einen Becher helles Bier halb ausgetrunken vor sich stehen und in das Bierglas eine gelbe Rose gestellt; dazu rollte er langsam seine großen, ein wenig hervorstehenden Augen und sah zum erstenmal in seinem Leben albern aus. Zuweilen bog er seine stattliche Nase gegen die Rose hin und roch an ihr, wobei er einen nahezu unmöglichen Schielblick nach dem fremden Mädchenkopf hinüberlenkte, ohne daß hierdurch der Ausdruck seines Gesichtes wesentlich gewonnen hätte.

Und als dritte Absonderlichkeit saß neben Erich mit großer Ruhe der alte Drehdichum, hatte einen Pfiff Kulmbacher vor sich stehen und eine von des Kronenwirts Kubazigarren im Munde.

»Zum Teufel, Herr Drehdichum«, rief aufspringend Hermann Lauscher, »wie kommen Sie hierher? Sah ich Sie doch soeben um den obern Wall davonlaufen ...«

»Und haben Sie mir doch eben noch in der größten zitternden Wut Ihre Faust in den Magen gebohrt!« rief Ludwig Ugel.

»Nichts für ungut«, rief der Philosoph mit dem gewinnendsten Lächeln zurück, »nichts für ungut, lieber Herr Ugel! Ich empfehle Ihnen das Kulmbacher, meine Herren!« Damit leerte er ruhig sein Glas.

Indessen rief Karl Hamelt seinen Freund Erich an, der gegenüber noch immer entrückt und schlaff vor seiner ins Bierglas gesteckten gelben Rose saß.

»Erich, schläfst du?«

Erich antwortete ohne aufzusehen: »Ich schläfe nicht.«

»Man sagt nicht, ich schläfe, man sagt, ich schlafe«, rief Ugel.

Da aber bewegte sich der Mädchenkopf hinter der Schenkgalerie, und die ganze fremde schöne Person trat hervor und an den Tisch der Freunde.

»Was wünschen die Herren?«

Wem nicht schon, da er vor dem schönen Gemälde einer Frau in seliger Begeisterung stand, plötzlich aus der Landschaft des Bildes heraus die Schöne lebendig entgegentrat, der weiß nicht, wie den Brüdern des *cénacle* in diesem Augenblick zumute war. Alle drei erhoben sich von ihren Stühlen und machten drei Verbeugungen, jeder eine. »Schöne, teure Dame!« sagte der Dichter. »Gnädiges Fräulein!« sagte Ludwig Ugel, und Karl Hamelt sagte gar nichts.

»Nun, trinken Sie Kulmbacher?« fragte die Schöne.

»Ja, bitte«, sagte Ludwig, und Karl nickte, Lauscher aber bat um einen Becher Rotwein.

Als die Getränke nun von der leisen, schlanken Mädchenhand elegant serviert wurden, wiederholten sich die verlegenen und ehrerbietigen Komplimente. Da kam aus ihrer Ecke die kleine Frau Müller gelaufen.

»Machen Sie doch nicht solche Umstände, meine Herren«, sagte sie, »mit dem dummen Ding; sie ist meine Stiefschwester und zum Bedienen hergekommen, weil wir eine Hilfe nötig hatten . . . Geh ins Büfett, Lulu; es schickt sich nicht, so bei den Herren stehen zu bleiben.«

Lulu ging langsam weg. Der Philosoph kaute wütend an seiner Kuba, Erich Tänzer wälzte einen fabelhaften Jongleurblick nach der Richtung, in der das Mädchen verschwunden war.

Die drei Freunde schwiegen ärgerlich und verlegen. Die Wirtin trug, um sich gefällig zu zeigen und Unterhaltung zu machen, vom Fensterbrett einen Blumentopf herbei und zeigte ihn prahlend am Tische vor.

»Sehen Sie, was für ein Staat! Diese Blume ist vielleicht die allerseltenste, die man nur kennt, und man sagt, sie blühe bloß alle fünf oder zehn Jahre.«

Alle betrachteten aufmerksam die Blume, die zart rotblau auf einem kahlen langen Stengel schwankte und einen seltsam trüben, warmen Duft ausströmte. Der Philosoph Drehdichum geriet in eine große Erregung und warf einen schneidend grimmigen Blick auf die Wirtin und ihre Blume, was aber niemand beachtete.

Da plötzlich sprang Erich am andern Tische auf, kam herüber, riß die Blume mit einem gewaltsamen Ruck mitten ab und war mit ihr in zwei Sätzen im Büfett verschwunden. Drehdichum brach in ein leises Hohngelächter aus. Die Wirtin kreischte entsetzlich auf, rannte Tänzern nach, blieb mit dem Rock am Stuhle hängen, fiel zu Boden, der nacheilende Ugel über sie weg und über ihn der Dichter, der im Aufspringen Weinkelch und Blumentopf mit sich riß. Der Philosoph stürzte sich auf die hilflos liegende Wirtin, hielt ihr die Fäuste vors Gesicht, fletschte die Zähne und achtete es nicht, daß Ugel und Lauscher ihn wie toll an den reißenden Rockschößen zurückzuzerren strebten. In diesem Augenblick eilte der Wirt herein; der Philosoph, wie verwandelt, half der Frau auf die Beine, aus der Tür der angrenzenden Stube glotzten Bauern und Fuhrmänner in den Skandal. Im Büfett hörte man die schöne Lulu weinen, und Erich trat mit der ganz zerknitterten Blume in der Hand heraus. Alles stürzte sich scheltend, fragend, drohend, lachend auf ihn los; er aber hieb mit der zerbrochenen Blume wie ein Verzweifelter um sich und gewann ohne Hut das Freie.

3

Am nächsten Morgen hatten sich die Freunde Karl Hamelt, Erich Tänzer und Ludwig Ugel im Herbergzimmer Hermann Lauschers versammelt, um seine neuesten Gedichte anzuhören. Eine große Flasche Wein stand auf dem Tisch, aus der sich jeder bediente. Der Dichter hatte mehrere anmutige Lieder vorgetragen und zog nun das letzte kleine Blättlein aus der Brusttasche. Er las: »An die Prinzessin Lilia . . .«

»Wie?« rief Karl Hamelt und fuhr vom Kanapee empor. Etwas indigniert wiederholte Lauscher den obigen Titel. Karl aber legte sich in tiefem Nachdenken in die geblümten Polster zurück. Der Dichter las:

»Ich weiß einen alten Reigen,
Ein helles Silberlied,
Das lautet fremd und eigen,
Wie wenn aus leisen Geigen
Ein Heimwehzauber lockend zieht . . .«

Hamelt lenkte die Aufmerksamkeit der beiden andern ganz von der Fortsetzung des Liedes ab. »Prinzessin Lilia . . . Silberlied . . . Der alte Reigen . . .«, wiederholte er immer wieder,

schüttelte den Kopf, rieb sich die Stirn, stierte leer in die Luft und heftete sodann den Blick glühend und heftig auf den Dichter. Lauscher war mit dem Lesen zu Ende und begegnete aufschauend diesem Blicke.

»Was ist?« rief er verwundert. »Willst du den Blick der Klapperschlange an mir armem Vogel versuchen?«

Hamelt erwachte wie aus einem tiefen Traum. »Woher hast du dieses Lied?« fragte er tonlos den Dichter. Lauscher zuckte die Achseln. »Woher ich alle habe«, sagte er.

»Und die Prinzessin Lilia?« fragte Hamelt wieder. »Und der alte Reigen? Siehst du denn nicht, daß dieses Lied das einzige echte ist, das du gedichtet hast? Alle deine andern Gedichte . . .« Lauscher unterbrach ihn schnell.

»Schon gut; aber in der Tat«, fuhr er fort, »in der Tat, liebe Freunde, ist dieses Lied mir selber ein Rätsel. Ich saß und dachte nichts und glaubte nur, nach meiner Gewohnheit, aus Langeweile Figuren und Zierbuchstaben auf das Blatt zu kritzeln, und als ich aufhörte, stand das Lied auf dem Papier. Es ist eine ganz andere Hand, als ich sonst schreibe, sehet nur!«

Damit gab er das Blatt dem zunächst sitzenden Erich in die Hände. Der hielt es vors Auge, erstaunte höchlich, sah noch einmal schärfer hin und sank alsdann mit dem lauten Ausruf: »Lulu!« in den Stuhl zurück. Ugel und Hamelt stürzten hinzu und schauten auf das Papier. »Alle Wetter!« rief Ugel aus; Hamelt aber hatte sich ins Kanapee zurückgelehnt und betrachtete das merkwürdige Blatt mit allen Zeichen des maßlosesten Erstaunens. Höchste Freude und unheimliche Befremdung wechselten auf seinem Gesicht.

»Nun sag mir, Lauscher«, rief er endlich aus, »ist dies unsere Lulu, oder ist es die Prinzessin Lilia?«

»Unsinn!« rief ärgerlich der Dichter. »Gib mir's her!«

Aber während er das Papier an sich nahm und noch einmal überblickte, machte plötzlich ein fremdes, kühles Schaudern seinen Herzschlag stocken. Die unregelmäßigen flüchtigen Schriftzeichen flossen in unbeschreiblicher Weise zu dem Umriß eines Kopfes zusammen, und beim längeren Betrachten entwickelten sich aus dem Umrisse feine Züge eines Mädchenangesichts, die niemand anders als die schöne fremde Lulu darstellten.

Erich saß wie versteinert im Sessel, Karl lag murmelnd auf dem Kanapee neben dem kopfschüttelnden Ludwig Ugel. Der Dichter stand bleich und verloren mitten im Zimmer. Da klopfte ihm eine Hand auf die Schulter, und als er aufschrekkend sich umwendete, stand der Philosoph Drehdichum da und grüßte mit dem schäbigen steifen Hute.

»Drehdichum!« rief der Dichter erstaunt. »Zum Hagel, sind Sie durch den Plafond herabgefallen?«

»Wieso?« entgegnete lächelnd der Alte. »Wieso, lieber Herr Lauscher? Ich hatte zweimal angeklopft. Aber lassen Sie sehen, Sie haben ja hier ein prachtvolles Manuskript!« Er nahm das Lied oder vielmehr das Bild sorgfältig aus Lauschers Händen. »Sie erlauben doch, daß ich das Blatt betrachte? Seit wann sammeln Sie solche Raritäten?«

»Raritäten? Sammeln? Werden Sie denn aus dem Wische klug, Herr Drehdichum?« Der Alte betrachtete und betastete das Papier mit großem Behagen.

»Ei freilich«, erwiderte er schmunzelnd, »ein schönes Stück eines wenn schon verdorbenen und späten Textes! Es ist askisch.«

»Askisch?« rief Karl Hamelt.

»Nun ja, Herr Kandidat«, sagte freundlich der Philosoph. »Aber gestehen Sie doch, bester Herr Lauscher, wo Sie den seltenen Fund gemacht haben! Es möchte weitere Nachforschungen lohnen.«

»Sie fabeln, Herr Drehdichum«, lachte beklommen der Dichter. »Dieses Blatt ist nagelneu, ich selbst habe es gestern nacht geschrieben.«

Der Philosoph maß Lauschern mit einem argwöhnischen Blick.

»Ich muß gestehen«, antwortete er, »ich muß wirklich gestehen, mein lieber junger Herr, daß diese Späße mich einigermaßen befremden.«

Lauscher wurde nun aber ernstlich ungehalten.

»Herr Drehdichum«, rief er heftig, »ich muß Sie bitten, mich nicht mit einem Hanswurst zu verwechseln und sich, falls Sie selbst, wie es scheint, diese heitere Rolle agieren wollen, gefälligst einen andern Schauplatz als meine Wohnung zu suchen.«

»Nun, nun«, lächelte gutmütig Drehdichum, »vielleicht denken Sie der Sache noch einmal nach! Indessen leben Sie allerseits wohl, meine Herren!« Damit rückte er den grünlich schillernden Hut auf dem weißen Kopfe zurecht und verließ lautlos das Zimmer.

Unten fand Drehdichum die schöne Lulu allein im leeren Wirtszimmer stehen und Weingläser mit einem Tuch ausreiben. Er schenkte sich seinen Becher selber am Fasse voll und setzte sich dem Mädchen gegenüber an den Tisch. Ohne etwas zu reden, blickte er zuweilen freundlich aus seinen alten hellen Augen der Schönen ins Gesicht, und sie, da sie sein Wohlwollen spürte, fuhr unbefangen in ihrer Arbeit fort. Der Philosoph ergriff ein leeres geschliffenes Glas, füllte ein wenig Wasser hinein und begann den Rand, den er befeuchtet hatte, mit der Spitze des Zeigefingers zu reiben. Bald kam ein Summen hervor, und dann ein klarer Ton, der ohne Unterbruch bald schwellend, bald schwindend die Stube erfüllte. Die schöne Lulu hörte das feine Singen gern, sie ließ die Hände ruhen und lauschte und ward von dem ewigen süßen Kristalltone ganz bezaubert, indes der Alte manchmal vom Glase weg ihr freundschaftlich und eindringend in die Augen blickte. Das ganze Zimmer klang von dem Singen des Glases. Lulu stand ruhig damitten und dachte nichts und hatte die Augen groß wie ein horchendes Kind.

»Lebt noch der alte König Ohneleid?« vernahm sie eine Stimme fragen und wußte nicht, war es der Alte, der fragte, oder kam die Stimme aus dem Ton des Glases. Auf die Frage aber mußte sie durch ein Nicken antworten, sie wußte nicht warum.

»Und weißt du noch das Lied der Harfe Silberlied?«

Sie mußte nicken und wußte nicht warum. Leiser tönte der Kristallklang. Die Stimme fragte:

»Wo sind die Saiten der Harfe Silberlied?«

Der Ton klang immer leiser und schwang in kleinen zarten Wellen aus. Da mußte die schöne Lulu weinen, sie wußte nicht warum.

Es war ganz still im Zimmer geworden, und so blieb es eine gute Weile.

»Warum weinen Sie, Lulu?« fragte Drehdichum.

»Ach, hab' ich geweint?« antwortete sie schüchtern. »Mir wollte ein Lied aus meiner Kinderzeit einfallen; aber ich kann mich nur halb darauf besinnen.«

Hastig ward die Tür aufgerissen, und die Frau Müller kam hereingerannt. »Was, noch immer an den paar Gläsern?« rief sie keifend. Lulu weinte wieder, die Wirtin rumorte und schimpfte; beide bemerkten es nicht, wie der Philosoph aus seiner kurzen Pfeife einen großen Rauchringel blies, sich darein setzte und leise auf einem sanften Zugwind durch das offene Fenster fuhr.

4

Die Mitglieder des *petit cénacle* waren im nahen Walde versammelt. Auch der Regierungsreferendar Oskar Ripplein war mitgekommen. Die schwärmerischen Gespräche der Jugend und Freundschaft entspannen sich zwischen den im Grase liegenden Kameraden, durch Gelächter ebenso oft wie durch Pausen des Nachdenkens unterbrochen. Besonders war von des Dichters Meinungen und Absichten die Rede, denn dieser wollte nächster Tage eine weite Reise antreten, und man wußte nicht, wann und wie man sich wiedersehen würde.

»Ich will ins Ausland«, sagte Hermann Lauscher, »ich muß mich absondern und wieder frische Luft um mich her bekommen. Vielleicht werde ich gerne einmal zurückkehren; für jetzt aber bin ich dieses engen, burschenhaften Lebens und der ganzen leidigen Studenterei von Herzen satt. Mir ist, als röche mir alles nach Tabak und Bier; außerdem hab' ich in diesen letzten Jahren schon fast mehr Wissenschaft aufgesogen, als für einen Künstler gut ist.«

»Wie meinst du das?« fiel Oskar ein. »Ich denke, bildungslose Künstler, speziell Dichter, hätten wir genug.«

»Vielleicht!« antwortete Lauscher. »Aber Bildung und Wissenschaft ist zweierlei. Das Gefährliche, was ich im Sinne hatte, ist die verdammte Bewußtheit, in die man sich allmählich hineinstudiert. Alles muß durch den Kopf gehen, alles will man begreifen und messen können. Man probiert, man mißt sich selber, sucht nach den Grenzen seiner Begabung, experimentiert mit sich, und schließlich sieht man zu spät, daß man den bessern Teil seiner selbst und seiner Kunst in den verspotteten unbewußten Regungen der früheren Jugend zurückgelassen hat. Nun streckt man die Arme nach den versunkenen Inseln der Unschuld aus; aber man tut auch das nicht mehr mit der ganzen unüberlegten Bewegung eines starken Schmerzes, sondern es ist schon wieder ein Stück Bewußtheit, Pose, Absichtlichkeit darin.«

»An was denkst du dabei?« fragte hier lächelnd Karl Hamelt.

»Du weißt es schon!« rief Hermann. »Ja, ich gestehe, mein kürzlich gedrucktes Buch beängstigt mich. Ich muß wieder aus dem vollen schöpfen lernen, an die Quellen zurückgehen. Mich verlangt nicht so sehr etwas Neues zu dichten, als ein tüchtiges Stück frisch und ungebrochen zu leben. Ich möchte wieder wie in meiner Knabenzeit an Bächen liegen, über Berge steigen oder wie sonst die Geige spielen, den Mädchen nachlaufen, ins Blaue hineinleben und warten, bis die Verse zu mir kommen, statt ihnen atemlos und ängstlich nachjagen.«

»Sie haben recht«, klang plötzlich die Stimme Drehdichums, der aus dem Walde hervortrat und mitten zwischen den ins Gras gelagerten Jünglingen stehenblieb.

»Drehdichum!« riefen alle fröhlich aus. »Guten Tag, Herr Philosoph! Guten Morgen, Herr Überall!«

Der Alte setzte sich nieder, sog seine Zigarre kräftig an und wendete sein wohlmeinendes, freundliches Gesicht dem Dichter Lauscher zu.

»Es ist«, begann er lächelnd, »noch ein Stück Jugend in mir, das sich gerne wieder einmal unter seinesgleichen ausplaudert. Wenn Sie erlauben, nehme ich an Ihrer Unterhaltung teil.«

»Gerne«, sagte Karl Hamelt. »Unser Freund Lauscher sprach

eben davon, wie ein Dichter aus dem Unbewußten schöpfen müsse und wie wenig ihm mit aller Wissenschaft gedient sei.«

»Nicht übel!« entgegnete langsam der Alte. »Ich habe immer zu den Dichtern eine besondere Neigung gehabt und manchen gekannt, dem meine Freundschaft nicht ohne Nutzen blieb. Die Dichter neigen auch heute noch mehr als andere Menschen zu dem Glauben, daß im Schoß des Lebens gewisse ewige Mächte und Schönheiten halbschlummernd liegen, deren Ahnung durch die rätselhafte Gegenwart zuweilen hindurchschimmert wie ein Wetterleuchten durch die Nacht. Dann ist ihnen, als seien das ganze gewöhnliche Leben und sie selber nur Bilder auf einem gemalten hübschen Vorhang und erst hinter diesem Vorhang spiele das eigentliche, das wahre Leben sich ab. Auch scheinen mir die höchsten, ewigsten Worte der großen Dichter wie das Lallen eines Träumenden zu sein, der, ohne es zu wissen, von den flüchtig erblickten Höhen einer jenseitigen Welt mit schweren Lippen murmelt.«

»Sehr schön«, rief hier Oskar Ripplein, »sehr hübsch gesagt, Herr Drehdichum, aber weder alt noch neu genug. Diese schwärmerische Lehre ist vor hundert Jahren von den sogenannten Romantikern gepredigt worden: man träumte damals auch solche Vorgänge und solches Wetterleuchten. Man hört in den Schulen noch davon reden als von einer glücklich überwundenen Dichterkrankheit, und heute träumt längst kein Mensch mehr so, oder wenn er träumt, so weiß er doch, daß das Gehirn . . .«

»*Satis!*« rief da der Kandidat Hamelt. »Vor hundert und mehr Jahren sind auch schon solche . . . solche Gehirnmenschen dagewesen und haben langweilige Reden gehalten. Und heute nehmen sich jene Träumer und Phantasten immer noch stattlicher und liebenswürdiger aus als diese allzuverständigen Schlaumeier. Übrigens was das Träumen betrifft, auch mir hat es dieser Tage merkwürdig geträumt.«

»Erzählen Sie doch!« bat der Alte.

»Ein andermal!«

»Sie wollen nicht? Aber vielleicht können wir's erraten«, meinte Drehdichum. Karl Hamelt lachte laut auf.

»Nun, wir versuchen's!« beharrte Drehdichum. »Jeder stellt eine Frage, auf welche Sie ehrlich mit Ja oder Nein antworten. Erraten wir's nicht, so war's doch ein lustiger Zeitvertreib!«

Alle erklärten sich einverstanden und begannen nun kreuz und quer zu fragen. Die besten Fragen stellte aber immer der Philosoph. Als wieder die Reihe an ihn kam, fragte er nach einigem Besinnen: »Kam in dem Traume Wasser vor?«

»Ja.«

Nun durfte, weil die Frage bejaht war, der Alte noch eine stellen.

»Quellwasser?«

»Ja.«

»Wasser aus einer Wunderquelle?«

»Ja.«

»Wurde das Wasser ausgeschöpft?«

»Ja.«

»Von einem Mädchen?«

»Ja.«

»Nein!« rief Drehdichum. »Besinnen Sie sich!«

»Ja doch!«

»Also von einem Mädchen wurde das Wasser geschöpft?«

»Ja.«

Drehdichum schüttelte heftig den Kopf. »Unmöglich!« sagte er wieder. »Hat wirklich das Mädchen selber aus der Quelle geschöpft?«

»Ach nein!« rief Karl verwirrt. »Es war der Geist Haderbart, der zuerst schöpfte.«

»Ah, nun haben wir's!« frohlockten die andern. Und nun mußte Karl die ganze Geschichte seines Traumes von der Quelle Lask erzählen.

Alle hörten verwundert und seltsam ergriffen zu.

»Prinzessin Lilia!« rief Lauscher aus. »Und Silberlied? Woher sind mir doch die Namen so bekannt?«

»Ei«, sagte der Alte, »die Namen stehen beide in der askischen Handschrift, die Sie mir gestern zeigten.«

»In meinem Liede!« seufzte der Dichter.

»In dem Bilde der schönen Lulu«, flüsterten Karl und Erich.

Der Philosoph hatte inzwischen eine neue Zigarre angesteckt und qualmte mächtig ins Grüne hinein, bis er ganz in eine blaue Wolke von Tabaksrauch eingehüllt war.

»Sie rauchen ja wie ein Schornstein«, sagte Oskar Ripplein und wich der Wolke aus. »Und was für ein Kraut!«

»Echte Mexikaner!« rief aus seiner Wolke heraus der Alte. Dann hörte er auf zu qualmen, und als nun ein Windzug die ganze stark riechende Wolke von hinnen führte, war er mit ihr verschwunden.

Karl und Hermann rannten hinter der zerstiebenden Rauchwolke her in den Wald hinein. »Dummes Zeug!« brummte der Referendar und hatte das unangenehme Gefühl, in zweideutiger Gesellschaft gewesen zu sein. Erich und Ludwig hatten sich schon fortgemacht und wandelten im Golde des klaren Spätnachmittags der Stadt und dem Gasthaus »Zur Krone« entgegen.

Karl und Hermann ereilten die letzten zerflatternden Schleier der Tabakswolke im tiefen Walde und standen ratlos vor einer dicken Buche still. Sie wollten sich eben ins Moos niedersetzen, um wieder zu Atem zu kommen, als hinter dem Baume die Stimme Drehdichums laut wurde.

»Nicht dort, ihr Herren, dort ist es ja feucht! Kommen Sie doch auf diese Seite!«

Sie kamen und fanden den Alten auf einem großen verdorrten Aste sitzen, der wie ein unförmlicher Drache am Boden lag.

»Gut, daß Sie kommen!« sagte er. »Nehmen Sie doch bitte hier neben mir Platz! Ihr Traum, Herr Hamelt, und Ihr Manuskript, Herr Lauscher, interessieren mich.«

»Zuerst«, fiel ihm Hamelt ungestüm ins Wort, »zuerst sagen Sie mir doch um des Himmels willen, wie Sie meinen Traum erraten konnten.«

»Und mein Papier lesen!« fügte Lauscher hinzu.

»Ei nun«, sagte der Alte, »was ist da zu wundern? Man kann alles erraten, wenn man vorsichtig fragt. Zudem liegt mir die Geschichte der Prinzessin Lilia so nahe, daß ich leicht darauf fallen mußte.«

»Eben das ist es ja!« rief wieder der Kandidat. »Woher wissen Sie denn diese Geschichte, und wie erklären Sie es, daß mein Traum, von dem ich noch niemandem ein Wort gesagt hatte, plötzlich in dem rätselhaften Liede unseres Lauscher so auffallend anklingt?«

Der Philosoph lächelte und sagte mit einer milden Stimme: »Wenn man sich mit der Geschichte der Seele und ihrer Erlösung viel beschäftigt hat, kennt man ähnliche Fälle ohne Zahl. Es gibt von der Geschichte der Prinzessin Lilia mehrere, stark variierende Fassungen; sie spukt vielfach entstellt und verändert durch alle Zeiten und liebt namentlich die bequeme Erscheinungsform der Vision. Nur selten zeigt sich die Prinzessin selbst, deren Vollendungsprozeß übrigens in den letzten Stadien der Läuterung stehen muß –, nur selten, sage ich, erscheint sie sichtbar in menschlicher Gestalt und wartet unbewußt auf den Augenblick ihrer Erlösung. Ich selbst sah sie kürzlich und versuchte mit ihr zu reden. Sie war aber wie im Traum, und als ich es wagte, sie nach den Saiten der Harfe Silberlied zu fragen, brach sie in Tränen aus.«

Die jungen Leute hörten dem Philosophen mit aufgerissenen Augen zu. Ahnungen und Anklänge stiegen in ihnen auf; aber die wunderlich krausen Redensarten und halb ironischen Grimassen Drehdichums verwirrten ihnen die Fäden unlöslich zu peinlichen Knäueln.

»Sie, Herr Lauscher«, fuhr jener fort, »sind Ästhetiker und müssen wissen, wie lockend und gefährlich es ist, die schmale, aber tiefe Kluft zwischen Güte und Schönheit zu überbrücken. Wir zweifeln ja nicht, daß diese Kluft keine absolute Trennung, sondern nur die Spaltung eines einheitlichen Wesens bedeutet und daß beide, Güte sowie Schönheit, nicht Prinzipien, sondern Töchter des Prinzips Wahrheit sind. Daß die beiden scheinbar einander fremden, ja feindseligen Gipfel tief im Schoß der Erde eins und gemeinsam sind. Aber was hilft uns die Erkenntnis, wenn wir auf einem der Gipfel stehen und den klaffenden Spalt stündlich vor Augen haben? Das Überbrükken dieses Abgrundes aber und die Erlösung der Prinzessin Lilia bedeutet ein und dasselbe. Sie ist die blaue Blume, deren Anblick der Seele die Schwere und deren Duft dem Geist die spröde Härte nimmt; sie ist das Kind, das Königreiche verteilt, die Blüte der vereinten Sehnsucht aller großen Seelen. Am Tag ihrer Reife und Erlösung wird die Harfe Silberlied erklingen und die Quelle Lask durch den neuerblühten Liliengarten rauschen, und wer es sieht und vernimmt, dem wird sein, als wäre er sein Leben lang im Alpdruck gelegen und hörte nun zum ersten Male das frische Brausen des hellen Morgens ... Aber noch schmachtet die Prinzessin im Bann der Hexe Zischelgift, noch hallt der Donner jener unheilvollen Stunde im verschütteten Opalschlosse wider, noch liegt dort in bleiernen Traumfesseln mein König im zertrümmerten Saal!«

5

Als die beiden Freunde eine Stunde später aus dem Walde hervorkamen, sahen sie Ludwig Ugel, Erich Tänzer und den Regierungsreferendar mit einer hellgekleideten Dame vom »Dreikönigskeller« her den Berg hinaufspazieren. Bald erkannten sie mit Freuden die schlanke Lulu und eilten den Ankommenden aufs schnellste entgegen. Sie war heiter und plauderte mit ihrer weichen Liebesstimme harmlos in das Gespräch hinein. Alle setzten sich in halber Höhe des Berges auf eine geräumige Ruhebank. Die helle Stadt lag blank und fröhlich im

Tale, und ringsum glänzte der goldene Duft des Abends auf den hohen Wiesen. Die träumerische Fülle des August war herrlich ausgebreitet, aus dem Laub der Bäume quoll schon das grüne Obst, Erntewagen fuhren auf der Talstraße bekränzt und leuchtend gegen die Dörfer und Gehöfte.

»Ich weiß nicht«, sagte Ludwig Ugel, »was diese Abende im August so schön macht. Man wird nicht fröhlich davon, man legt sich ins hohe Gras und nimmt teil an der Milde und Zärtlichkeit der goldenen Stunde.«

»Ja«, sagte der Dichter und blickte der schönen Lulu in die dunkeln reinen Augen. »Es ist die Neige der Jahreszeit, die so mild und traurig macht. Die ganze reife Süßigkeit des Sommers quillt in diesen Tagen weich und müde über, und man weiß, daß morgen oder übermorgen irgendwo schon rote Blätter auf den Wegen liegen werden. Es sind die Stunden, da man schweigend das Rad der Zeit sich langsam drehen sieht, und man fühlt sich selber langsam und traurig mitgetrieben, irgendwohin, wo schon die roten Blätter auf dem Wege liegen.«

Alle schwiegen und lauschten in den goldenen Späthimmel und in die farbige Landschaft hinein. Leise begann die schöne Lulu eine Melodie zu summen, und allmählich ging das halbe Flüstern in ein zartes Singen über. Die Jünglinge lauschten und schwiegen wie berauscht; die weichen süßen Töne der edeln Stimme schienen aus der Tiefe des seligen Abends heraufzukommen wie Träume aus der Brust der einschlummernden Erde.

»Aller Friede senkt sich nieder
Aus des Himmels klaren Weiten,
Alles Freuen, alles Leiden
Stirbt den süßen Tod der Lieder.«

Mit diesem Verse war ihr Abendlied zu Ende. Sogleich begann Ludwig Ugel, der sich zu Füßen der andern ins Gras gelegt hatte, zu singen:

»O Brünnlein unterm Laube, du feiner Silberquell,
Fließe verstohlen hinunter zur weißen Waldkapell!
Dort liegt auf harten Stufen im Moos Marienfrau,
Du sollst sie stille rufen, mit Murmeln und nicht rauh,
Und sollst ihr leise künden von meiner tiefen Not:
Mein Mund sei, ach, von Sünden und lauter Liedern rot.
Und sollst ihr von mir geben eine Lilie, weiß und rein:
Sie möge mein rotes Leben und meine Sünden verzeihn!

Vielleicht, daß ihre Güte sich lächelnd zu dir neigt,
Der holden weißen Blüte ein süßer Duft entsteigt:
Weil Lieb- und Sonnetrinken des Sängers Sünde ist,
So sei der rote Liedermund in Hulden rein geküßt!«

Darauf sang auch Hermann Lauscher eines von seinen Liedern:

»Der müde Sommer senkt das Haupt
Und schaut sein falbes Bild im See;
Ich wandle müde und bestaubt
Im Schatten der Allee.

Ich wandle müde und bestaubt,
Und hinter mir bleibt zögernd stehn
Die Jugend, neigt das schöne Haupt
Und will nicht fürder mit mir gehn.«

Mittlerweile war die Sonne untergegangen, der Himmel floß in rotem Lichte. Der vorsichtige Referendar Ripplein wollte eben schon zur Heimkehr mahnen, da begann die schöne Lulu noch einmal zu singen:

»Mein Vater hat viel Schlösser
Und Städte weit und breit,
Mein Vater ist der König,
Der König Ohneleid.

Und käm' ein schöner Ritter
Und wollte mich befrein,
Dem würde wohl mein Vater
Sein halbes Reich verleihn.«

Man erhob sich nun und stieg langsam den verglühenden Berg hinab. Jenseits auf dem Gipfel der hohen Teck prangte verloren noch ein später Streifen Sonne.

»Woher haben Sie dieses Lied?« fragte Karl Hamelt die schöne Lulu.

»Ich weiß nicht mehr«, sagte sie, »ich glaube, es ist ein Volkslied.« Sie ging jetzt schneller und wurde plötzlich von Angst ergriffen, sie möchte zu spät heimkommen und von der Wirtin gescholten werden.

»Das leiden wir nicht«, rief Erich Tänzer heftig aus. »Überhaupt habe ich im Sinn, der Frau Müller einmal meine Meinung deutlich zu sagen. Ich werde sie schon ...«

»Nein, nein!« unterbrach ihn die schöne Lulu. »Es würde dann für mich nur schlimmer werden! Ich bin eine arme Waise und muß tragen, was mir auferlegt wird.«

»Ach Fräulein Lulu«, sagte der Referendar, »ich wollte, Sie wären eine Prinzessin und ich könnte Sie befreien.«

»Nein«, rief der Schöngeist Lauscher, »Sie sind wirklich eine Prinzessin, und nur wir sind nicht Ritter genug, Sie zu erlösen. Aber was hindert mich? Ich tue es heute noch. Ich nehme die verdammte Müllerin beim Kragen ...«

»Still, still!« rief Lulu flehentlich. »Lassen Sie mich doch mein Schicksal allein ertragen! Nur heute tut mir's um den schönen Abend leid.«

Man sprach nun wenig mehr und näherte sich rasch der Stadt, wo sich Lulu von den anderen trennte, um allein in die »Krone« zurückzukehren. Die Fünfe sahen ihr nach, bis sie in die erste dunkle Straße hinein verschwand.

»Mein Vater ist der König,
Der König Ohneleid ...«

summte Karl Hamelt vor sich hin und machte sich auf den Heimweg nach dem Dorfe Wendlingen.

6

Spät am Abend desselben Tages dauerte Erich Tänzer noch in der »Krone« aus, bis auch Lauscher mit der Nachtkerze in sein

Gastzimmer abging und er allein in der stillen Schenkstube war. Lulu saß noch mit am Tische; da stieß Erich plötzlich sein Bierglas heftig zur Seite, ergriff die Hand des schönen Mädchens, sah sie an, räusperte sich und tat folgende Rede: »Fräulein Lulu, ich muß Ihnen eine Rede halten. Ich muß Sie anklagen. Der künftige Staatsanwalt regt sich in mir. Sie sind uner-

laubt schön, Sie sind schöner, als man sein darf, und machen damit sich und andere unglücklich. Versuchen Sie nicht sich zu verteidigen! Wo ist mein schöner Appetit? Und mein herrlicher Durst? Wo ist der Vorrat sämtlicher Paragraphen des Bürgerlichen Gesetzbuches, den ich mir mit Hilfe von Meisels Repertorium so mühselig in den Kopf getrichtert hatte? Und die Pandekten? Und das Strafrecht und der Zivilprozeß? Ja, wo sind sie? In meinem Kopf steht nur noch ein einziger Paragraph, der heißt Lulu! Und die Fußnote heißt: O du Schönste, o du Allerschönste!«

Erichs Augen standen weit hervor, ingrimmig knetete seine Linke den neuen modischen Seidenhut zuschanden, seine

Rechte umklammerte Lulus kühle Hand. Diese spähte ängstlich nach einer Gelegenheit zu entrinnen. Im Büfett schnarchte Herr Müller, sie mochte nicht rufen.

Da ward unversehens die Türe ein wenig geöffnet, eine Hand und ein Stück Flanellhemdärmels drang durch den Spalt, etwas Weißes entglitt der Hand und flatterte zu Boden; dahinter schloß sich eilends wieder die Türe. Lulu hatte sich losgemacht, sie sprang hinzu und hob ein beschriebenes Blatt Briefpapier vom Boden auf. Erich schwieg verdrossen. Sie aber lachte plötzlich und las ihm das Blatt vor. Darauf stand:

Herrin, wirst du lachen müssen?
Sieh, ein heißes Dichterhaupt
Das du stolz und kühl geglaubt,
Liegt beschämt nun dir zu Füßen,
Und ein Herz, dem alle höchste Lust
Wie das tiefste Leiden ward bewußt,
Zittert scheu in deiner kleinen Hand!
Rote Rosen, die ich Wandrer fand,
Rote Lieder, die ich Sänger sang,
Sehnen sich und welken bang,
Liegen arm zu deinen Füßen – – –
Wirst du lachen müssen?

»Lauscher«, rief Erich entrüstet, »das Aas! Sie werden doch nicht glauben, es sei dem Luftibus Ernst mit seinen verdammten Versen? Verse! So was schreibt er alle drei Wochen einer andren!«

Lulu gab dem Erregten keine Antwort, sondern lauschte nach dem offenstehenden Fenster hinüber. Von dorther kamen wirre Gitarrengriffe geklungen, und eine Baßstimme sang dazu:

»Ich stehe hier und harre
Und spiele die Gitarre . . .

O zögere nicht länger
Und liebe deinen Sänger!«

Ein Windstoß warf das Fenster klirrend zu. In diesem Augenblick erwachte der Wirt im Büfett und kam verdrießlich aus der Schanktüre hervor. Erich warf Geld auf den Tisch, ließ sein Bier stehen, verließ ohne Gruß die Stube und rannte mit einem Satze die Vortreppe hinunter dem Gitarrespieler in den Rükken, der niemand anders als der Referendar Ripplein war, welcher nun mit Erich zankend und grimmig auf dem Wall unter den Kastanien davonging.

Die schöne Lulu löschte die Gasflammen in Wirtsstube und Flur aus und stieg in ihre Kammer hinauf. Sie hörte beim Vorbeigehen in Hermann Lauschers Zimmer aufgeregte Schritte und öftere lange Seufzer tönen. Kopfschüttelnd erreichte sie ihr Schlafgemach und legte sich zur Ruhe. Da sie nicht sogleich einschlafen konnte, überdachte sie noch einmal den Abend; aber sie lachte jetzt nicht mehr, vielmehr war sie traurig, und alles kam ihr wie ein mißratenes Possenspiel vor. Sie wunderte sich in ihrem reinen Herzen darüber, wie alle diese Menschen so töricht und enge bloß an sich selber dachten und auch an ihr im Grunde doch nur das hübsche Gesicht ehrten und liebten. Diese jungen Männer schienen ihr wie irregeleitete arme Nachtflügler um kleine Lichtlein zu taumeln, während sie große Reden im Munde führten. Es erschien ihr traurig und lächerlich, wie sie immerfort von Schönheit, Jugend und Rosen redeten, farbige Theaterwände von Worten um sich her aufbauten, indes die ganze herbe Wahrheit des Lebens fremd an ihnen vorüberlief. In ihrer kleinen einfachen Mädchenseele stand diese Wahrheit schlicht und tief geschrieben, und daß die Kunst des Lebens im Leidenlernen und Lächelnlernen bestehe.

Der Dichter Lauscher lag in seinem Bette im Halbschlummer. Die Nacht war schwül. Rasche, unvollendete, fiebernde Gedanken stiegen in seiner heißen Stirn empor und verloren sich in flüchtig verblassenden Träumen, ohne daß darüber die schwere Schwüle der Augustnacht und das zähe, peinigende Singen einiger Schnaken seinem Bewußtsein entschwunden wäre. Die Schnaken folterten ihn am meisten; bald schienen sie zu singen:

> Vollkommenheit,
> Man sieht dich selten, aber heut ...

bald war es das Lied der Traumharfe. Dann kam ihm plötzlich wieder in den Sinn, daß nun die schöne Lulu seine Verse in Händen habe und von seiner Liebe wisse. Daß Oskar Ripplein das Gitarreständchen gebracht und daß wahrscheinlich auch Erich heute abend dem schönen Mädchen Geständnisse gemacht habe, war ihm nicht verborgen geblieben. Das Rätselhafte im Wesen der Geliebten, ihre ahnungsvoll unbewußte Verknüpfung mit dem Philosophen Drehdichum, mit der askischen Sage und Hamelts Traum, ihre fremdartig seelenvolle Schönheit und ihr alltäglich-graues Schicksal beschäftigten des Dichters Gedanken. Daß die ganze eng befreundete Runde des *cénacle* plötzlich wie um den Magnetberg um das fremde Mädchen kreiste und daß er selbst, statt Abschied zu nehmen und zu reisen, sich mit jeder Stunde enger vom Netz dieses Liebesmärchens umstricken ließ, das alles kam ihm nun vor, als wäre er und wären die andern lauter Traumgestalten eines phantasierenden Humoristen oder Figuren einer grotesken Sage. In seinem schmerzenden Haupte stieg die Vorstellung auf, dieses ganze Durcheinander und er selbst und Lulu wären ohnmächtige, willenlose Fragmente aus einem Manuskripte des alten Philosophen, hypothetische, versuchsweise kombinierte Teile einer unvollendeten ästhetischen Spekulation. Dennoch sträubte sich alles in ihm gegen ein solches unglückliches *cogito ergo sum,* er raffte sich zusammen, stand auf und trat ans offene Fenster. Nun bei klarerem Nachdenken erkannte er bald die hoffnungslose Albernheit seiner lyrischen Liebeserklärung; er fühlte wohl, daß die schöne Lulu ihn nicht liebe und im Grunde lächerlich fände. Traurig legte er sich ins Fenster, Sterne traten zwischen den leichten Wolken hervor, ein Wind lief über die dunkeln Kronen der Kastanien. Der Dichter beschloß, daß morgen sein letzter Tag in Kirchheim sein sollte. Zugleich traurig und erlösend drang das Gefühl der Entsagung durch seinen müden, vom Traum der letzten Tage schwül umfangenen Sinn.

7

Als Lauscher andern Tages früh in die Wirtsstube hinabkam, war Lulu schon mit den Tassen beschäftigt. Beide setzten sich zum dampfenden Kaffee. Lulu erschien dem Gaste merkwürdig verändert. Eine fast königliche Klarheit leuchtete auf ihrem reinen, süßen Gesicht, und eine besondere Güte und Klugheit blickte aus ihren schönen, vertieften Augen.

»Lulu, Sie sind über Nacht schöner geworden«, sagte Lauscher bewundernd. »Ich wußte nicht, daß dies möglich wäre.«

Sie lächelte nickend: »Ja, ich haben einen Traum gehabt, einen Traum ...«

Der Dichter fragte mit einem erstaunten Blick über den Tisch hinüber.

»Nein«, sagte sie. »Ich darf ihn nicht erzählen.«

In diesem Augenblick trat die Morgensonne ins Fenster und glänzte durch die dunkeln Haare der schönen Lulu stolz und golden wie eine Glorie. Andächtig mit trauriger Freude hing des Dichters Blick an dem köstlichen Bilde. Lulu nickte ihm zu, lächelte wieder und sagte: »Ich muß Ihnen noch danken, lieber Herr Lauscher. Sie haben mir gestern Verse geschenkt, die mir hübsch erscheinen, obwohl ich sie nicht ganz verstehen kann.«

»Es war ein schwüler Abend gestern«, sagte Lauscher und blickte der Schönen in die Augen. »Darf ich das Blatt noch einmal sehen?«

Sie gab es ihm hin. Er überlas es leise noch einmal, faltete es zusammen und verbarg es in seiner Tasche. Die schöne Lulu sah schweigend zu und nickte nachdenklich. Nun wurde der Wirt auf der Treppe hörbar, Lulu sprang auf und begann ihre Morgenarbeit. Grüßend trat der kleine, feiste Wirt herein.

»Guten Morgen, Herr Müller!« antwortete Hermann Lauscher. »Ich bin heute zum letztenmal Ihr Gast. Morgen früh reise ich.«

»Aber ich hatte doch gedacht, Herr Lauscher ...«

»Schon gut. Auf heute abend stellen Sie ein paar Flaschen Champagner kalt und räumen uns das hintere Zimmer ein, zum Abschiedfeiern!«

»Wie Herr Lauscher befehlen!«

Lauscher verließ Stube und Gasthaus und begab sich auf den Weg zu Ludwig Ugel, seinem Liebling, um diesen letzten Tag mit ihm zusammenzusein.

Aus Ugels kleiner Bude in der Steingaustraße klang schon Morgenmusik. Ugel stand in Hemdärmeln noch ungekämmt am Kaffeetisch und spielte seine brave Violine, daß es eine Lust war. Das ganze Stüblein war voll Sonne.

»Ist's wahr, du willst morgen reisen?« rief Ugel dem Dichter entgegen. Der war nicht wenig verwundert.

»Woher weißt du's denn schon?«

»Von Drehdichum.«

»Drehdichum? Der Teufel werde klug daraus!«

»Ja, der Alte war die halbe Nacht bei mir. Ein toller Bruder! Er faselte wieder was Langes, Farbiges von seinen Prinzessingeschichten, Liliengärten und dergleichen. Meinte, ich müsse die Prinzessin erlösen; er hätte sich in dir getäuscht, du seiest nicht die wahre Harfe Silberlied. Verrückt, nicht? Ich verstand kein Wort.«

»Ich verstehe es«, sagte Lauscher leise. »Der Alte hat recht.«

Noch eine Weile hörte er Ugeln zu, der nun die begonnene Sonate zu Ende spielte. Bald darauf verließen beide Freunde Arm in Arm die Stadt und wandten sich gegen die Plochinger

Steige in den Wald. Sie redeten wenig; der Abschied machte beide stumm. Der Morgen lag warm und glänzend über den schönen Bergen der Alb. Bald bog die Straße in den tiefen Wald, und die Spaziergänger legten sich abseits vom Wege in das kühle Moos.

»Wir wollen einen Strauß für die schöne Lulu machen«, sagte Ugel und begann im Liegen große Farnkräuter zu brechen.

»Ja«, sagte der andere leise, »einen Strauß für die schöne Lulu!« Er riß eine ganze hohe rotblühende Staude aus der Erde. »Nimm das dazu! Roter Fingerhut. Ich habe ihr sonst nichts zu geben. Wild, fieberrot und giftig . . .«

Er redete nicht weiter; süß und bitter stieg es in seiner Kehle auf, wie Schluchzen. Düster wendete er sich ab; Ugel aber bog den Arm um seine Schulter, legte sich an seine Seite und wies mit ablenkender Gebärde empor in das wunderbare Spiel des Lichtes im hellgrünen Laub. Jeder von den beiden dachte an seine Liebe, und schweigend ruhten sie lange Zeit, Waldkronen und Himmel über sich. Über ihre Stirnen lief der kräftige, kühle Wind, über ihre Seelen spannte, vielleicht zum letztenmal, die selige Jugend ihre blauen, ahnungsvollen Himmel aus. Leise begann Ugel ein Lied zu singen:

»Die Fürstin heißt Elisabeth –
Ein Hauch von Sonne, die vergeht.
Ich wollt', ich hätte einen Namen,
Der sich verneigt vor lieben Damen,
Vor Schönheit, vor Elisabeth,
Der süß von zarten Rosen weht,
Von Blättern sind, so leicht, so laß,
Von Rosen weiß, von Rosen blaß,
Ein Schimmer späten Abendgolds
Und wie der Fürstin Mund so stolz
Und wie der Fürstin Stirn so rein,

Und müßte singen von Glück und Pein –
So froh und traurig müßt' er sein!«

Dem Freunde weitete die stille Traurigkeit der schönen Stunde die Brust in Schmerz und Lust. Er schloß die Augen; aus seiner Seele stieg das Bild der schönen Lulu auf, wie er sie am heutigen Morgen gesehen hatte, so sonneverklärt, so milde, so leuchtend, klug und unnahbar, daß sein Herz in erregten schmerzlichen Schlägen pochte. Seufzend fuhr er mit der Hand über die Stirn, fächerte sich mit dem roten Fingerhut und sang:

»Ich will mich tief verneigen
Vor dir und ziehen den Hut,
Ich will dir Lieder geigen
Rot wie Rosen und rot wie Blut.

Ich will mich vor dir bücken,
Wie man vor Fürstinnen tut,
Und will dich mit Rosen schmücken,
Mit Rosen rot wie Blut.

Ich will auch zu dir beten,
Wie man vor Heiligen kniet,
Mit meiner wilden, verschmähten
Liebe und meinem Lied.«

Er hatte kaum geendigt, als aus dem innersten Walde hervor der Philosoph Drehdichum die Liegenden anrief. Aufschauend sahen sie ihn aus den Gebüschen treten.

»Guten Tag«, rief er näherkommend, »guten Tag, meine Freunde! Nehmet dies zu euerm Strauß für die schöne Lulu!« Damit gab er Lauschern eine große weiße Lilie in die Hand. Behaglich ließ er sich sodann den Freunden gegenüber auf einem moosigen Felsen nieder.

»Sagen Sie, Zauberer«, redete Lauscher ihn an, »da Sie doch

überall sind und alles wissen: wer ist eigentlich die schöne Lulu?«

»Viel gefragt!« schmunzelte der Graubart. »Sie weiß es selber nicht. Daß sie die Stiefschwester der verdammten Müllerin ist, glauben Sie wohl nicht, und ich auch nicht. Sie selber hat nicht Vater, nicht Mutter gekannt, und ihr einziger Heimatbrief ist die Strophe eines merkwürdigen Liedes, das sie zuweilen singt und worin sie einen gewissen König Ohneleid ihren Vater nennt.«

»Dummes Zeug!« fluchte Ugel ärgerlich.

»Weshalb, lieber Herr?« entgegnete sanftmütig der Alte. »Aber dem sei, wie ihm wolle, man darf an solchen Geheimnissen nicht allzuviel tasten . . . Ich höre, Herr Lauscher, Sie wollen schon morgen uns und dieses Land verlassen? Wie man sich täuschen kann! Ich hätte gewettet, Sie blieben noch länger hier, da Sie, wie mir schien, eben durch die Lulu . . .«

»Genug, genug, Herr!« fiel ihm Lauscher wild aufbrausend in die Rede. »Was zum Teufel gehen Sie anderer Leute Liebesaffären an!«

»Nicht so heftig!« beruhigte lächelnd der Philosoph. »Davon, Wertgeschätzter, war ja gar nicht die Rede. Daß ich mich mit den Verwicklungen fremder Schicksale, besonders Dichterschicksale, beschäftigte, gehört zu meiner Wissenschaft. Für mich besteht kein Zweifel darüber, daß zwischen Ihnen und unserer Lulu gewisse subtile magische Beziehungen statthaben, wenn schon, wie ich ahne, ihrer ersprießlichen Wirkung zur Zeit noch unüberwindliche Hemmnisse im Wege liegen.«

»Erklären Sie mir das doch, bitte, etwas näher!« sagte der Dichter kühl, aber doch neugierig.

Der Alte zuckte die Achseln. »Ei nun«, sagte er, »jedes irgend höherstehende Menschenwesen strebt instinktmäßig nach jener Harmonie, die im glücklichen Gleichgewicht des Bewußten und des Unbewußten bestände. Solange aber der zerstörende Dualismus das Lebensprinzip des denkenden Ich zu sein scheint, neigen strebende Naturen gerne in halbverstandenem Instinkt zu Bündnissen mit entgegengesetzt Strebenden. Sie verstehen mich. Solche Bündnisse können ohne Worte, sogar ohne Wissen geschlossen werden, können wie Verwandtschaften unerkannt, rein gefühlsmäßig leben und wirken. Jedenfalls sind sie vorbestimmt und stehen außerhalb der Sphäre des persönlichen Willens. Sie sind ein unermeßlich wichtiges Element dessen, was man Schicksal nennt. Es ist vorgekommen, daß das eigentliche, wohltätige Leben eines solchen Bündnisses erst im Augenblicke der Trennung und Entsagung begann; denn diese unterliegen unserm Wollen, dem die Macht jener Sympathie sich entzieht.«

»Ich verstehe Sie«, sagte Lauscher mit verändertem Ton. »Sie scheinen mein Freund zu sein, Herr Drehdichum!«

»Zweifelten Sie daran?« lächelte dieser fröhlich.

»Sie kommen heute abend zu meiner Abschiedsfeier in der ›Krone‹!«

»Will sehen, Herr Lauscher. Nach gewissen Berechnungen wird mir diesen Abend eine wichtige Aufgabe zuteil werden, ein alter Traum sich erfüllen . . . Aber vielleicht läßt es sich vereinigen. Auf Wiedersehen!« Er sprang auf, grüßte mit winkender Hand und verlor sich rasch auf der talwärts führenden Straße.

Die Freunde blieben bis zum Mittag im Walde, beide von Abschiedsgedanken und jeder von seiner Liebe erfüllt und mit widerstreitenden Empfindungen gesättigt. Verspätet suchten sie den Mittagstisch der »Krone« auf. Sie fanden Lulu daselbst in fröhlicher Stimmung und mit einem neuen, hellen Kleide geschmückt. Freundlich nahm sie die mitgebrachten Blumen an und stellte den Strauß in eine Vase auf den Ecktisch, an dem die beiden zu speisen pflegten. Heiter und geschäftig bewegte sich die schöne Gestalt bedienend mit den Tellern, Schüsseln und Flaschen hin und wider. Nach Tisch, beim Weine, setzte sie sich zu den Freunden. Man sprach von Lauschers geplanter Abschiedsfeier.

»Wir müssen das Zimmer und alles recht festlich zubereiten«, sagte Lulu; »wie Sie sehen, habe ich an mir selber den Anfang gemacht und ein nagelneues Kleid angezogen. Es fehlt noch an Blumen ...«

»Besorgen wir schon«, fiel ihr Ugel in die Rede.

»Gut«, lächelte sie. »Dann wäre es hübsch, ein paar Lampions und farbige Bänder zu haben.«

»So viel Sie wollen!« rief wieder Ugel. Lauscher nickte stumm.

»Sie sprechen ja kein Wort, Herr Lauscher!« zürnte nun Lulu. »Sind Sie nicht einverstanden?«

Lauscher gab keine Antwort. Er sagte nur, während sein Auge an ihrer schlanken Gestalt und dem feinen Antlitz hing: »Wie schön Sie heute sind, Lulu!« Und noch einmal: »Wie schön Sie sind!«

Er war unersättlich, die ganze ziere Gestalt immer wieder zu betrachten. Zu sehen, wie sie mit dem Freunde die Anstalten zu seinem Abschied betrieb, verursachte ihm eine eigentümliche Qual und machte ihn stumm und verdüstert. Jeden Augenblick kam ihm wieder der Gedanke, peinigend und bitter stachelnd, daß seine Entsagung und sein Fortgehen unwahr sei, daß er ihr zu Füßen stürzen und sie mit allen lodernden Flammen seiner Leidenschaft umgeben müsse, um sie werben, sie anflehen, sie zwingen und rauben – irgend etwas, nur nicht so tatlos vor ihr sitzen und fühlen, wie von den letzten Stunden ihrer Gegenwart ein seliger Augenblick um den andern eilig und unwiederbringlich zerrann. Dennoch bezwang er sich in hartem Kampf und begehrte nur noch in diesen letzten Stunden ihr herrliches Bild sich glühend und schmerzlich in die Seele zu senken zu unvergeßlichem Heimweh.

Schließlich, da die drei noch allein im Zimmer saßen und Ugel zum Aufbruch drängte, erhob sich Lauscher, trat vor Lulu hin und faßte ihre Hand mit seiner heißen, zitternden Rechten und sagte leise in einem gezwungenen, feierlich komischen Ton: »Meine schöne Prinzessin, wollet geruhen die Darbietung meiner Dienste in Hulden anzunehmen! Betrachtet mich, ich bitte Euch, als Euern Ritter oder als Euern Sklaven, Euern Hund oder Narren, befehlet mir . . .«

»Gut, mein Ritter«, unterbrach Lulu ihn lächelnd. »Ich fordere einen Dienst von Euch. Es fehlt mir auf den Abend ein recht herzensfroher Gesellschafter und Spaßmacher, der mir ein gewisses Fest unterhaltsam und lustig machen helfe. Wollet Ihr das?«

Lauscher wurde sehr bleich. Dann lachte er heftig auf, ließ sich mit komischer Verrenkung ins Knie nieder und sprach mit theatralischer Feierlichkeit: »Ich gelobe es, edle Dame!«

Nun eilte er mit Ludwig Ugel hinweg. Sie suchten vor allem die schöne Kunst- und Handelsgärtnerei beim Friedhofe auf und wüteten mit der Schere ohne Schonung in des Gärtners Rosenzucht. Besonders Lauscher war nicht zu halten. »Ich muß einen großen Korb voll Weiße haben«, rief er wiederholt, wandte alle Zweige um und hieb die Lieblingsrosen der schönen Lulu zu Dutzenden ab. Dann bezahlte er den Gärtner, hieß ihn die Rosen auf den Abend in die »Krone« bringen und bummelte mit Ugel weiter durch die Stadt. Wo etwas Buntes in den Schaufenstern hing, da brachen sie ein; Fächer, Tücher, Seidenbänder, Papierlaternen wurden zusammengekauft, am Ende auch noch ein starker Posten Kleinfeuerwerk, so daß in der Krone die schöne Lulu mit Inempfangnehmen und Unterbringen alle Hände voll zu tun hatte. Dabei half ihr, ohne daß jemand darum wußte, der gute Drehdichum bis zum Abend.

8

Lulu war schön und fröhlich wie noch nie. Lauscher und Ugel hatten ihr Abendessen beendet; die Freunde kamen nacheinander im Gasthause an. Als alle beisammenwaren, begab man sich unter dem Vortritt Lauschers, der die schöne Lulu zierlich am Arme führte, in die große Hinterstube. Hier waren alle

Wände mit Tüchern, Bändern und Girlanden behängt, eine Menge farbiger Laternen war an der Decke in Figuren gereiht und angezündet, der große Tisch weiß gedeckt, mit Champagnerkelchen besetzt und mit frischen Rosen überstreut. Der Dichter überreichte seiner Dame die Lilie des Philosophen, steckte ihr eine halbgeöffnete Teerose ins Haar und führte sie an den Ehrenplatz. Alle setzten sich froh und lärmend; ein im Chor gesungenes Lied eröffnete den Abend. Nun sprangen die Stöpsel von den Flaschen, überschäumend floß der helle, edle Wein in die zarten Gläser, wozu Erich Tänzer die Champagnerrede hielt. Witz und Gelächter löste sich ab, mit Tosen wurde der nachträglich angekommene Drehdichum empfangen, Ugel und Lauscher trugen jeder ein paar lachende Verse vor. Dann sang die schöne Lulu ein Lied, das hieß:

Ein König lag in Banden
Und tief in Dunkelheit –
Nun ist er auferstanden
Und heißet Ohneleid.

Nun glänzen bunte Lichter
Und Lieder blank ins Land,
Nun tragen alle Dichter
Ihr farbigstes Festgewand.

Nun blühen Lilien und Rosen
So weiß und rot wie nie,
Nun singt die Harfe Silberlied
Ihre seligste Melodie.

Als das Lied zu Ende war, griff Lauscher tief in den vor ihm stehenden Rosenkorb und warf applaudierend der Sängerin ganze Hände voll weißer Rosen zu. Der fröhliche Krieg wurde allgemein, Rosen flogen von Sitz zu Sitz, Dutzende, hundert, weiße, rote; dem alten Drehdichum hing das Haar und der graue Bart ganz voll davon. Dieser erhob sich nun, es war schon nahe an Mitternacht, und begann zu reden:

»Liebe Freunde und schöne Lulu! Wir sehen alle, daß das Reich des Königs Ohneleid von neuem beginnt. Auch ich muß heute von euch Abschied nehmen, doch nicht ohne Hoffnung auf Wiedersehen; denn mein König, zu dem ich zurückkehre, ist ein Freund der Jugend und der Dichter. Wäret ihr Philosophen, so würde ich euch eine schöne allegorisch-mystische Geschichte von der Wiedergeburt des Schönen und speziell von der Erlösung des poetischen Prinzips durch die ironische Metamorphose des Mythus erzählen, welche Geschichte heute ihr seliges Ende erfährt. So aber tue ich besser, euch den zu lösenden Rest dieser Geschichte in angenehmen Bildern vor Augen zu führen. Schauet her, ein askisches Stück!«

Alle blickten seinem ausgestreckten Zeigefinger nach auf einen großen gestickten Vorhang, mit dem eine Ecke des Zimmers verhangen war. Dieser Vorhang wurde plötzlich sanft von innen erleuchtet und zeigte ein Gewebe von zahllosen silbernen Lilien, die eine schön in Marmor gefaßte starke Quelle umrahmten. Die Kunst des Gewebes und der Beleuchtung war so wunderbar, daß man die Lilien wachsen, sich neigen und verschlingen, daß man die Quelle sprudeln und sich ergießen sah, ja, daß man ihr edles kühles Rauschen stark vernahm.

Aller Augen hingen an dem prachtvollen Vorhang, und keiner bemerkte, daß schnell nacheinander im Zimmer alle Laternen erloschen. Sie folgten entzückt und erregt dem Zauberspiel der künstlichen Lilien; nur der Dichter achtete es nicht, sondern heftete durch das Dunkel den Blick glühend und anbetend auf die schöne Lulu. Ein heilig schönes, zartes Leuchten lag auf ihrem feinen Gesicht, matthell und gleichsam vergeistigt schimmerte in ihrem prachtvollen dunkeln Haar die weiße Rose.

Die Lilien bewegten sich unbeschreiblich schlank und harmonisch in einem seltsamen Blumenreigen um die Quelle. Ihre Bewegung und feine Verschlingung hüllte den Sinn der atemlos Zuschauenden in ein süßes, träumendes Netz von Wunder und Wohlgefallen. Da schlug eine Uhr Mitternacht. Blitzschnell rollte der glänzende Vorhang in die Höhe; eine weite Bühne tat sich in tiefer Dämmerung auf. Der Philosoph erhob sich; man hörte im Dunkeln, wie er den Sessel rückte. Er verschwand und erschien allsogleich auf der Bühne, Haar und Bart noch voll von Rosen. Allmählich war der Raum der Bühne von einem immer mehr zunehmenden Licht erfüllt, bis klar und glänzend Quelle und Liliengarten des Vorhangs nun in edler Wirklichkeit blühend und rauschend zu erblicken waren.

Damitten stand der Geist Haderbart, als Drehdichum trotz der erhöhten Gestalt erkennbar. Im Hintergrunde stieg berükkend in perlblauer Schönheit das Opalschloß empor, in dessen Saale durch die weiten Fensterbögen der König Ohneleid in mächtiger Ruhe thronend zu sehen war. Während das Licht immer mehr zu strahlendem Glanze wuchs, trug Haderbart durch die sich bückenden Lilien eine riesige, fabelhafte Harfe aus Silber in die Mitte der Schaubühne. Der Glanz des Lichtes war nun blendend herrlich geworden und schauerte in fiebernden Wellen silbern und irisfarbig über die Opalmauern hin.

Lauschend schlug der Geist eine einzelne tiefe Saite der Harfe an. Ein großer, königlicher Ton erquoll. Langsam traten die Lilien des Vordergrundes zur Seite, eine festliche Treppe senkte sich von der Bühne herab. Im dunkeln Zimmer erhob sich hoch und schlank die schöne Lulu, schritt über die hinter ihr wieder zurückweichende Treppe hinan und stellte sich in unsäglicher Schönheit als Prinzessin dar. Mit tiefer Verbeugung überließ ihr der Geist Haderbart die Harfe; Tränen flossen aus seinen klaren alten Augen und fielen zusammen mit einer gelösten Rose aus seinem Bart zur Erde.

Die Prinzessin stand hoch und glänzend vor der Harfe Silberlied. Sie streckte die Rechte in höchster Bewegung nach dem Schlosse aus, zog die Harfe an ihre Schulter her und lief mit schlanken Fingern über alle Saiten. Ein Lied von unerhörter Seligkeit und Harmonie hob an, huldigend scharten sich alle hohen Lilien um ihre Herrin. Noch ein voller, reiner Griff in die tönenden Zaubersaiten – da rauschte mit kurzem Aufschlag der Vorhang nieder. Einen Augenblick war er noch ganz von inwendigem Glanze durchleuchtet, in heftiger Bewegung tanzten die gestickten Lilien durcheinander, immer schneller und rasender, bis nur noch ein einziger silberner Wirbel zu sehen war, der plötzlich lautlos in völlige Finsternis versank.

Betäubt und sprachlos standen und saßen die Freunde im finstern Zimmer. Bald sodann fingen sie an sich zu besinnen. Licht wurde gemacht. Durch Unvorsichtigkeit kam das ganz vergessene Feuerwerk in Brand und knallte mit abscheulichem

Lärmen durcheinander. Wirt und Wirtin liefen herzu, klagten und schalten. Ein Nachtwächter pochte von der Straße aus mit dem Spieß an die verschlossenen Fensterläden. Man schrie und fragte, jeder an den andern hin.

Aber niemand fand mehr eine Spur von Lulu und dem Philosophen. Der Referendar Ripplein begann ärgerlich zu werden und von Gaunerei zu reden; doch hörte niemand auf ihn. Hermann Lauscher war in sein Zimmer entwichen und hatte von innen geriegelt.

Als er andern Tages in aller Frühe verreiste, war von der schönen Lulu noch keine Spur gefunden. Da Lauscher sich sogleich ins Ausland begab, kann er über den ferneren Verlauf der Dinge in Kirchheim keinerlei Mitteilung machen. Denn er selber hat die vorstehende Geschichte der Wahrheit gemäß aufgeschrieben.

SCHLAFLOSE NÄCHTE

(Geschrieben 1901)

WIDMUNG

Kennt ihr die Muse der Schlaflosigkeit? Die bleiche, wachsame, die an einsamen Betten sitzt?

An meinem einsamen Bette saß sie viele Nächte lang, sie legte mir die geschmeidige, kranke Hand auf die Stirn, sie sang mir Lieder mit ihrer müden Stimme, Lieder ohne Zahl, Heimatlieder, Kinderlieder, Lieder der Liebe, des Heimwehs und der Melancholie. Und statt des entflohenen Schlummers breitete sie über meine ermüdeten Augen den dünnen, farbigen Schleier der Erinnerung und der Phantasie.

O diese langen, schleichenden Nächte, in denen unser wahrstes Wesen alle tagüber gewobenen schmucken Gewänder von sich streift und uns mit Fragen, Bitten und Vorwürfen bestürmt wie ein krankes Kind! O diese schmerzhaft klaren Erinnerungen an alle Augenblicke unseres Lebens, in denen wir wider uns selbst und wider die geheimen Gesetze des Lebens gesündigt haben! Diese Kette von Blindheit, Grausamkeit und Mißverständnis, mit der wir uns selbst zu unentrinnbarer Qual an diese angstvollen Stunden geschmiedet haben. Gibt es einen Menschen von solcher Reinheit, daß er nur eine einzige solche Nacht seiner Seele in die wahrhaftigen Kinderaugen blicken könnte, ohne unzähligen Vorwürfen und Selbstpeinigungen zur Beute zu fallen?

Ich weiß es nicht und glaube es nicht. Und dennoch entrann ich diesen Stunden und lernte sie segnen und sah die Verzweiflung nur auf dunkler Lauer verborgen liegen, unberührt von ihrem giftigen Atem.

Das war jene Muse, jene bleiche, wachsame, die mit den geschmeidigen Händen mich vom Abgrund zurückhielt. Ich danke dir, du Fremde, Phantastische, und widme dir diese Erinnerungen unsrer gemeinsam verträumten, wachen Nächte. Wie schön du warst, wenn du dein feines, tröstendes Frauengesicht über meine fiebernden Augen beugtest! Wie schön du warst, wenn du mit mir der Erinnerung eines alten Liedes lauschtest, still, vorgebeugt, das tiefe Auge in die Nacht gewendet, die helle vergeistigte Stirn von einer losen Locke märchenblonden Haares überhangen! Wie schön du warst, wenn du weintest, wenn du das Auge senktest und schweigend auf dem weißen Bette meine Hand mit deiner schmalen Linken suchtest, wenn der Traum einer verlorenen Liebe über dein ernstes Gesicht wie ein leiser schmerzlicher Schatten lief!

Wie schön du warst!

Regen, Stille, Mitternacht. Wie heißest du, schöne Blasse? Du lächelst, du legst deine Hand neben meine auf den Rand des Bettes, daß sie wie Geschwister aussehen. Ich will dich Maria nennen.

Wie hast du mich wiedergefunden, wunderliche Schwester, die ich so langeher nicht mehr gesehen? Das war vor manchem schönen Jahr, daß ich dir jene Dichtung vorlas, mit der ich deine Gunst verscherzte. Du bist seither schöner geworden – ach hättest du damals den Schluß meiner Novelle abgewartet, so wären wir zusammen jung geblieben, und du säßest nicht an meinem Bette, um mir die vielen Stunden von Mitternacht bis Morgen ertragen zu helfen. Aber du nahmst meine Geschichte für Ernst und hast sie damit uns selber zum Ernst gemacht. Jener ungelesene Schluß ist in den Märchenbrunnen zurückgefallen und unsre guten Feen weinten, und weinen noch heute darüber.

Erinnerst du dich jenes letzten Abends? Im Veilchengarten, alle Amseln schlugen. Wir saßen auf der grünen Großvaterbank und hatten unsere Zukunft wie ein großes Fabelbuch vor uns aufgeschlagen. Ich las dir vor, der große Ahorn rauschte darein, die Luft und die Geschichte waren voll Veilchenduft. Ich las dir vor bis zu jener traurigen Stelle – weißt du noch? Es war beinahe dunkel geworden, und im Goldregenbusch begann die Nachtigall. Ach hätten wir doch zu Ende gelesen! Aber du weintest und stießest das Buch von deinem Schoß und liefest fort. Jenen ganzen Abend und die halbe Nacht sang unsre Nachtigall.

Ich weiß jetzt das Geheimnis der Nachtigall und singe schon lang nach derselben Weise. Man hört diese Lieder gern, sie gleiten weich und sind voll Wohllaut, aber der Text ist traurig, er ist sogar zuweilen bitter, sogar gemein. Ach, die besten Lieder standen im Buch meiner Jugend auf jenen Seiten, die du so unmutig überschlugst. Sie quälen mich seither, und stöhnen, und wollen gesungen sein, aber ihre Zeit ist vorüber, sie ist gar nie gewesen, denn die schönsten Seiten im Buch meiner Jugend überschlugst du an jenem Abend im Veilchengarten. Die Kapitel waren dir gewidmet – warum wolltest du sie nicht lesen? Sie fehlen jetzt mir und dir wie gesprungene Saiten auf einer Harfe. Die Harfe klingt wie sonst, nur wenn die Melodie auf die gebrochenen Saiten springt, entsteht ein herzbeklemmend leeres Schweigen und reißt mitten durch das ganze Lied. Hast du nie auf einer Harfe spielen hören, an welcher eine Saite fehlte? War es dir nicht jedesmal, wenn jene bange leere Pause kam, als sei es gerade der süßeste, erlösende Ton, der nun dem Liede fehlt? Und ist nicht immer das Süßeste, Erlösende, brennend Erdürstete gerade das, was mir und dir in jedem Augenblicke fehlt?

Hab' ich dich traurig gemacht? Verzeih mir, Maria! Ich wollte es nicht tun, ich wollte dir keinen Vorwurf machen. Ich wollte dich nur fragen, ob du noch an jenen fernen warmen Frühlingsabend denkst. Ich wollte nur dich erinnern, dich fragen und dein Kopfnicken wiedersehen, die träumerisch graziöse Bewegung, die schon damals mein knabenhaftes Herz entzückte. Denk dir, der Abend wäre heute wieder! Du brauchst nur die Augen zu schließen, zu lächeln und deine Hand auf meine Hand zu legen. Hörst du nicht den großen Ahorn rauschen? Siehst du nicht das Veilchenbeet und die Taxushecken? Hörst du nicht ein feines knisterndes Wiegen? Ein großes helles Ahornblatt wankt hoch oben vom Zweig und dreht sich leise durch die warme Luft herab, ganz wie damals, ganz wie damals. –

O Maria! Warum hast du die Augen aufgemacht? Und siehst mich so traurig, bitter und erschrocken an! Der Traum ist hin.

Und das große Ahornblatt dreht sich in der Luft und sinkt und fällt, und liegt auf dem Sims meines Fensters. Es ist welk, ich hör's am Fallen, und wende das Gesicht zur Seite. Draußen ist Regen, Stille und Mitternacht.

Du bist heute schweigsam, meine schöne Muse! Komm, spiel mit mir, die Nacht ist so lang! Was spielen wir?

Meine Muse schweigt, nimmt meinen Arm und steigt mit mir in unser schneeweißes Nachtschloß, die breite fürstliche Treppe empor, an den geduldigen steinernen Löwen vorbei, durch die offenen halbbögigen Torflügel, über die schwarzweißen Samtfelder der Flurteppiche und die geschwungene massive Treppe hinan. Sie führt mich an den Drachenleuchtern vorbei in den großen Flügelsaal, wo unser Brunnen zwischen den glänzenden Porphyrsäulen so kühl und weltverloren in seine tiefe Bronzemuschel rauscht. Wir sitzen vor der dunklen tönenden Schale nieder, durch die offenen Fensterbogen blendet das weiße Mondlicht herein und verzittert auf dem sich kräuselnden Wasser in bleichen, zerrinnenden Silberlinien. Gegenüber, jenseits des Brunnens, glänzt auf der geräumigen Dreieckfläche einer schwarzen Pyramide die smaragdene Tafel des Hermes Trismegistos.

»Wir hätten sie weglassen sollen«, sagt meine Muse.

Du hast recht. Sie ängstigt nur.

»Und doch haben wir sie in so vielen unvergeßlichen Mondnächten zusammen gelesen.«

Freilich – damals.

»Damals! Du mußt das nicht so tragisch sagen.«

Aber doch, – damals.

»Nein! Das macht traurig.«

Möchtest du lustig sein?

»Man kann es nicht in diesem Saal.«

Nicht? Wir waren's doch, es ist nicht lange her.

»Er wird mir langweilig. Diese Säulen sind so plump, und immer dieses Brunnengeräusch, und dieser ewige Delphin.«

Wir müssen einen andern Saal bauen. Beim Schilfsee, oder über dem Platanenwald. Einen roten Saal. –

»Rot?«

Meinst du nicht?

»Nun, also rot. Und dann lassen wir die Wände mit goldenen Palmenreliefs schmücken, und dann tanzen wir dort nach einer Mozartmusik Gavotte und sehen von den hohen Fenstern auf den schwarzen Wald. Und dann werden wir traurig, kehren in den alten Porphyrsaal zurück und hören dem Brunnen zu. Eigentlich haben wir das schon jetzt. Wir hätten dann zwei Säle, in denen wir traurig sein können.«

Dann ist es besser, hier zu bleiben.

»Und traurig zu sein.«

Was fehlt dir nur?

»Ich weiß nicht. – Schenk mir was!«

Was du haben willst. Soll ich dir das Salzfaß des Cellini schenken?

»Das mit dem Neptun? Nein, nein.«

Oder einen Garten? Ich weiß einen, auf den Borromäischen Inseln –

»Ich weiß schon. Was soll er mir?«

Oder ich könnte dich malen lassen. Nicht in der Weise, wie dich Rossetti gemalt hat. In deinem Narzissenkleid, als Flora – ich weiß einen Maler, einen Franzosen –

»Oder Spanier, oder Russen. Nein, nein.«

Dann schenk' ich dir eine Harfe. Es gibt eine zedernholzene, dreifüßige, aus den Schatzkammern des –

»Ich will keine Harfe.«

Dann – ja was willst du dann haben? Soll ich dir ein Lied singen?

»Ja, wenn du kannst. Ich warte.«

Aber ich kann doch nicht ohne dich –

»Also, was willst du?«

Du bist unersättlich. Was hab' ich dir getan?

»Frag nicht! Frag nicht!«

So will ich dir erzählen. Willst du?

»Von den sieben Prinzessinnen?«

Nein. Von einem Garten im Schwarzwald, wo ein kleiner Knabe mit einem kleinen Mädchen unter den blauen Fliedern saß. Der Knabe hatte das Mädchen lieb, und als sie beide größer geworden waren, an einem Abend im warmen Juni, hingen sie mit roten heißen Lippen aneinander. –

»Weiter! Und dann –?«

Dann kam eine fremde schlanke Frau mit dunkelgroßen Augen, ganz wie du sie hast. Die sang so schön und war so fremd und lockend, daß der Knabe sein liebes Nachbarkind vergaß. Er ging mit der fremden Frau in ein anderes Land, wo die Sterne größer und die Nächte blauer sind. Sie bauten sich ein helles Schloß und darin einen Saal mit Porphyrsäulen, darin ein ewiger Brunnen in eine bronzene Muschelschale klang. Dort sitzen sie nun bei dem Brunnen und sehen den Mond im Wasser verleuchten. Sie haben kühle Hände ineinander gelegt und reden kühle Worte zueinander, und ich glaube, daß jedes von den beiden Heimweh hat. Wenigstens der Knabe, der inzwischen alt und anders geworden ist. Ich weiß, daß er an seine Heimat denkt und daß eine verjährte, knabenhafte Untreue durch sein Leben geht wie ein feiner Sprung durch klares Glas.

»Das ist eine traurige Geschichte. Ist sie zu Ende?«

Noch nicht. Und ich glaube, der Schluß wird das traurigste sein. Glaubst du nicht auch?

»Ich weiß nicht. Ich weiß auch nicht, ob der Knabe die fremde Frau noch immer liebt.«

Man hat keine Nachricht darüber. Oder soll ich ja sagen?

DIE DRITTE NACHT

Lege deinen blonden Kopf an meine Schulter, meine arme Muse! Ich sehe wohl auf deiner schönen Stirne diese leisen, schwermütigen Linien, ich sehe wohl beim Beugen deines Halses diese müde, kranke Bewegung, und ich vermag auch wohl in dem feinen, feinen Aderspiel deiner klaren, weißen Schläfe zu lesen.

Komm, weine nur! Das ist Herbst, das ist die letzte zitternde Mahnung der unaufhaltsamen Jugendflucht. Du kannst sie auch in meinen Augen lesen, auch auf meiner Stirn und auf meinen Händen steht sie geschrieben, tiefer als auf deinen, und auch in mir ruft dieses peinigende, schluchzende Wehgefühl: es ist zu früh, es ist zu früh!

Komm, weine nur! Wir sind noch nicht am Ende, wenn wir noch weiter weinen können. Wir wollen diese Tränen und diese Trauer mit aller eifersüchtigen Sorge unserer Liebe bewachen. Vielleicht steht hinter diesen Tränen unser Kleinod, unsere Poesie, unser großes Lied, auf das wir warten.

Unsere rosenroten Liebeszeiten sind vorüber, aber sie rühren noch mit so viel zarten Fäden an uns – laß ihnen ihr schmerzlich schönes Vergangensein! Wir wollen ihnen mit Kosenamen und mit Liedern rufen, wir wollen ihre hellen Erinnerungen wie scheue, geliebte Gäste durch Zartheit und schonende Pflege festhalten. Auch wollen wir nicht mehr davon reden, wie viele Frühlinge wir uns selber entblättert haben, ich und du; wir wollen denken: Es hat so kommen müssen, und wir wollen nicht aufhören, uns zu schmücken und zu warten – auf unser Lied.

Unser Lied! Weißt du noch, wie wir von ihm träumten, in jener ersten Zeit unserer Liebe? Das war im Kloster, in jener prachtvollen Brunnenkapelle, wo sich der Laut des fallenden Wassers so zart mit der klösterlichen Schweigsamkeit der gotischen Kreuzgänge verflocht. Weißt du noch? Und jene Abende! Die kühlen, mondhellen Abende jenes Spätherbstes, die so weich und traumverzaubert auf den Dächern des Klosters lagen, und auf dem kahlen Garten und über den duftigen, kühlen Bergen! Der Wind lief durch die steinernen Fensterblumen und gewann Klang in den schwarzen Kreuzgewölben, der Mondschein lief über die breiten Simse und über die weißen Dielen des Oratoriums. Und ich erzählte meinem Freund Wilhelm in der verborgenen Fensternische von der fernen dunklen Zeit, in welcher die Klöster und die großen Dome aus der Erde wuchsen, und von den Stiftern, Rittern, Bauherren und Äbten, deren bildnisgeschmückte Grabsteine drunten im Kreuzgang fremd und gespenstisch im weißen Mondschein lagen. Ich hatte damals mehrere Freunde, von denen Wilhelm mein Liebling war. Du sahest ihn oft mit mir, zumal in solchen Mondnächten, und auch die andern: schlanke, begeisterte Knaben wie ich selbst. Frag nicht, wo sie sind und was aus unserer Freundschaft geworden ist! Auch jetzt hab' ich Freunde, zwei, drei – von den damaligen ist keiner mehr darunter. Aber du bist noch da und liebst mich noch, und bald oder spät, wenn auch die Freunde von heute tot oder fremd sein werden und kein Mensch mehr von meiner Jugend mit mir plaudern wird, wirst du noch immer bei mir sein und mich zuweilen bitten, von den vergangenen schöneren Zeiten zu reden. Dann werden wir auch an heute denken, und dieses traurige Heute wird uns wunderbar fern und lieb erscheinen wie eine ferne kleine Jugend. Und vielleicht wird dann aus diesem ferngewordenen, von Erinnerung verklärten Heute unser Lied aufsteigen. Unser Lied!

Das Lied wäre dann ein weiches, duftiges Bild voll Zauber und Seele, aus dessen dunkeltönigem Grund unsere Gestalten weich wie ein Traum mit schwebenden Konturen hervortauchten, der schlaflose Dichter mit der in die heiße Hand gestützten regen Stirn und an seine Schulter gelehnt der schöne, müde Blondkopf seiner knienden Muse. Und dieses eine zarte Bild würde allein übrigbleiben von meinem rastlosen Leben; lang nach meinem Tode noch würden spätgeborene Freunde es betrachten und lieben. »Der arme Dichter!« würden sie sagen und doch den armen Dichter um sein einziges unsterbliches Bild und um seine blonde, unbeschreibliche, kniende Muse beneiden.

Du lächelst wieder? Küsse mich, meine blonde Muse! Küsse mich und verzeih mir und dir um unseres Liedes willen alle Qual und allen Jugendraub, den wir miteinander begangen haben!

DIE VIERTE NACHT

Warum willst du die alte Geschichte wieder hören? Ich hatte sie selbst fast vergessen, und das wäre für mich und für die Geschichte das beste gewesen.

– Der verstorbene Dichter Hermann Lauscher lebte noch und wanderte in den alten Straßen der Stadt Bern umher. Es war ein Tag im November, windig und regendrohend. Der vereinsamte Dichter genoß in vollen Zügen die ihm liebgewordene Stimmung, sich heimatlos am fremden Ort umzutreiben. Die alten dunkeln Straßen mit den festen, burgartigen Häusern, vorspringenden Kellerhälsen und finster traulichen Arkaden reizten in dem kranken Dichtergemüt jene bittere Stimmung aufs höchste, dazu kam die unwirtliche Rauheit des Tages, so daß der arme Heimatlose härter als je den Zwiespalt seiner krankhaft reizbaren Seele und an den Erinnerungen seines unsteten, zerrissenen und fruchtlosen Lebens litt. Wie er mir nachher erzählte, spielte seine Phantasie beim Anblick dieser dunkeln, engen Arkaden in melancholischer Laune mit hundert eingebildeten Möglichkeiten. Er dachte sich einen lang entbehrten Freund, eine verlorene Geliebte, an deren Begegnung die wichtigste und seligste Entscheidung seines Glückes hinge, in derselben Straße wandeln, zehn Schritte von ihm, von den Schatten der nächsten Arkade verborgen. Ein Augenblick vielleicht, in welchem die nahe Gestalt sichtbar ward, ja vielleicht herüberblickte – aber eben in diesem einen Augenblick hat er sich abgewendet und hat mit dieser kleinen, zufälligen Bewegung Augenblick und Zukunft verscherzt.

Er erschrak, als ich ihn plötzlich auf die Schulter klopfte, und in dieser Sekunde sah ich in seinen Augen zum erstenmal den flackernden, traurigen Glanz des Irrsinns zucken. Wir gingen nun zusammen durch die Straßen, erstiegen den Münsterturm, weideten uns am Anblick der prachtvollen Gobelins im historischen Museum, aßen in einem Wirtshause tief unter der großen Aarebrücke gebackene Forellen und strandeten nach einer zweiten Wanderung im Keller des Kornhauses.

Du weißt, der arme Lauscher war in jener letzten Zeit seines unglücklichen Lebens ein starker Weinzecher, und so saßen wir bald bei der zweiten und dritten Flasche. Es war der schäumige Neuenburger, den ich schlecht ertrage, so daß ich bald mit schwerem Kopf ihn ganz in seinen launisch wirren Reden gewähren ließ. Er kam auf jene Arkadenphantasie zu sprechen. Ich lachte ihn aus und rühmte mich, jenen wichtigen Augenblick erfaßt und ihn, den ich in Bern gewiß nicht zu treffen hoffte, gefunden zu haben. Er lächelte rauh und sagte: »Kein Beweis, mein Guter! Das Unglück trifft man überall. Aber weißt du denn, ob nicht eben in dem Moment, wo du mich so derb aus meinen Gedanken rissest, ob nicht eben in diesem Moment jemand hinter uns vorüberging, den du seit Jahren suchst und den du in Jahren nicht wieder treffen wirst?« Mir wurde sonderbar zumut. »An wen denkst du denn dabei?« fragte ich fast schüchtern. Er lachte. »Ei«, sagte er dann, »ich denke an niemand besonders. Es ist ja nur eine Hypothese. Aber es hätte ja zum Beispiel eine gewisse blonde Maria sein können.«

Ich kann dir nicht sagen, wie bei diesem Namen mein Herz in Grauen und Liebe den Takt verlor. »Woher weißt du?« fragte ich Lauschern heftig, »ich habe nie einem Menschen von Maria erzählt und glaubte, ich selbst hätte sie und ihren Namen vergessen. Kennst du sie? Lebt sie noch? Ist sie hier in Bern?«

Lauscher lachte wieder und steckte eine neue Zigarre an. »Ob sie noch lebt«, sagte er, »weiß ich nicht. Ich habe sie seit vielen Jahren nicht wiedergesehen.«

»Wann war das?« fragte ich atemlos.

»Hab' ich dir's nie erzählt?« sagte er und nahm einen starken Schluck. »Sie war so schön! Sie saß mit mir auf einer grünen Bank im Veilchengarten, die Nachtigall sang zum erstenmal im Jahr. Wir lasen zusammen in einem großen Buch –«

»Halt ein«, rief ich todblaß, »halt ein, oder ich bringe dich um! Das war ja ich, das war ich, der mit Maria auf der grünen Bank saß, und das Buch –«

»Schrei doch nicht so«, sagte Lauscher und schenkte mein Glas voll.

»Aber Lauscher, sag mir um Gottes willen –«, flehte ich.

»*Bibamus*! Dein Wohl!« lächelte er und stieß an. »Soll ich weitererzählen? Das Buch enthielt eine schöne Jugendgeschichte und war höchst angenehm zu lesen. Zwischen den Lettern stiegen Maria und ich als kleine arabeskenhafte Figuren durch allerlei Blumenranken auf und ab.«

»Maria und ich!« rief ich aus.

»Nun ja, wie ich sage«, fuhr Lauscher fort. »Maria aber las unruhig und zerstreut. Und als die Geschichte anfing traurig zu werden, da schlug sie eine ganze Handvoll Blätter um und –«

»Und lief in den Wald, und die Nachtigall sang wieder – o Lauscher!«

»*Bibamus*«, sagte Lauscher.

Ich legte den schweren Kopf in beide Hände und hätte am liebsten laut geschluchzt. Als ich nach einer Weile mich erhob, war Lauscher fort. Mit schmerzender Stirn und halb berauscht verließ ich den Keller. Es war kurz vor Lauschers Tod.

DIE FÜNFTE NACHT

Eigentlich waren die Veilchen an allem schuld, die Veilchen und der Frühling, und ohne sie wäre die ganze süße Pein mir fremd geblieben, an der seither mein Leben verblutet.

Jene Veilchen im Garten waren schuld, daß in meiner fröhlichen Knabenseele die duftend dunklen Schatten emporstiegen. Ihr Duft war schuld daran, daß die Frühlingsgeschichte in unserm Buche plötzlich so beklommen, traurig und sehnsüchtig wurde, daß die schöne Maria davonlief und daß die Nachtigall im dunkeln Abendlaub so angstvoll süß und herzbeklemmend zu singen begann.

Oh, wenn ich diese Nachtigall nie gehört hätte! Dann hätten

nicht die liebsten Lieder aufgehört mich zu erfreuen, dann wäre nicht die dunkle Sehnsucht in mir erwacht. Dann hätte ich nicht begonnen, von jenem Glück zu träumen, das irgendwo hinter dem Leben wie hinter einer verwunschenen Hecke schläft. Dann wäre auch der unselige Traum noch ungeträumt, daß das beste, seligste Stück meines Lebens in jenem Buche ungelesen und unerlebt geblieben sei. Dann wäre ich kein Dichter geworden, und die traurig beredte, zweifelsüchtige Sprache des Leidens wäre mir unbekannt geblieben.

Aber Träume sind keine Schäume. Und das Lied unserer Nachtigall mit seiner letzten, grausam schönen Dissonanz klingt in mir weiter und sehnt sich nach seiner Lösung. Und es verwandelte sich in meinen Lieblingstraum von jenem Lied der Lieder, dessen ungesungene, vereinzelt aufdämmernde Takte mir in Blut und Leben übergegangen sind und mich stündlich mit ihren feinen, noch ungelösten Dissonanzen peinigen. Ich glaube nicht an jene Dichter, aus deren Haupte, wie man sagt, die fertigen klingenden Verse wie gepanzerte Göttinnen hervorspringen. Ich weiß, wieviel innerstes Leben und wieviel rotes Herzblut jeder einzige echte Vers getrunken haben muß, ehe er auf seinen Füßen stehen und wandeln kann. Und das wäre noch leicht zu ertragen. Aber dann jedesmal das spottend grausame Gefühl, daß der Vers, so hübsch er sei, doch wieder nicht die Tiefe erschöpft, doch wieder den Keim der alten Dissonanz in sich trägt und doch wieder nur ein Spiegel des Dichters und nicht der Spiegel seines glühend schönen, sehnsüchtigen Traumes ist! Und doch hat er so tief an unserm Leben sich genährt und so viel Herzblut mitgenommen! Ach, und dann, wenn man älter wird und seine Grenzen ahnt – diese Hast, dieses Wechseln von Schonung und Verschwendung, diese immer enger drückende, furchtbare Angst zu sterben, ehe der geträumte Ton erklang, zu sterben ohne Erfüllung nach einem lebenlangen Warten und Vorbereiten! Und dazu bei jedem neuen Unterliegen und Zweifeln diese vorwurfsvolle Stimme der dem Unbewußten entrissenen, gemarterten eigenen Seele, deren Entblößung nur durch das unberechenbare Glücken des großen, unsterblichen Wortes versöhnt und geheiligt wird! Ach, man hat so viel Schimpfliches von den Dichtern gesagt, aber das Schimpflichste wußten und wissen sie selber und halten es ängstlich geheim – sogar vor den eigenen Augen!

DIE SECHSTE NACHT

Finsternis, Stille, Einsamkeit. Diese furchtbaren Nächte sind endlos für das winzige Taktmaß meiner tickenden Uhr und meines in den heißen Schläfen fiebernden Blutes. An alles Sanfte und Tröstende versuche ich zu denken, ich beschwöre alle milden Erinnerungen, alle freundlichen Sterne des Gedankens und der Poesie, alle besänftigenden Gleichnisse. Es ist umsonst, und kein Gedanke hält vor der bedrückenden Gegenwart dieser Stunde stand. Wenn jetzt selbst meine Mutter sich zu mir setzte und mir alle Zärtlichkeiten der Liebe und Erinnerung gewährte – ich würde lächeln und nicht weniger leiden.

O schlaflose Nacht! Alle Kräfte und Beziehungen meines Wesens und meines Lebens an die trübe Oberfläche dieser einen Nacht gedrängt zu machtlos müder Selbstbetrachtung! Hat kein von mir verehrter Gott so viel Mitleid, hat kein Andenken oder Gebet eines fernen Freundes so viel Leben und keine meiner liebsten Erinnerungen so viel Wahrheit, den Bann dieses unsäglichen Leidens zu brechen? Alles, was mich jemals freute und über die Stunde erhob, hat Blick und Wärme verloren. Meine Götter sind steinern, und mein Leben war ein blasser Traum, dessen Bildungen mein inneres Augen nur wie fremde Schattenbilder berühren.

Liegt jetzt vielleicht einer meiner Freunde in einer fernen Stadt auf seinem Bette wach und denkt an mich? Ach, er schläft! Und wohin ich meinen trostbedürftigen Gedanken wende, finde ich nichts. Oder finde doch nur Mitleidende, andere Dulder, eine blasse müde Gemeinde von Schlaflosen, deren jeder so wie ich gepeinigt ohne Ruhe liegt, bleich, großäugig und leidend. Ich grüße euch, traurige Brüder, die ihr fern von mir und fern voneinander in vielen einsamen und dunkeln Schlafgemächern lieget. Ihr leidet wie ich, ihr suchet mit großen Augen die unsichtbaren Gestalten der Finsternis und habt Schmerzen, sobald ihr die starren Lider schließet. Denkt ihr an eure Brüder? Denkt ihr an mich? Ach wenn wir alle aneinander dächten und alle das Gefühl dieser unsichtbaren schweigenden Gemeinde hätten! Ich glaube, wir verständen uns, unsre feinen, rastlosen Nerven wären der Mitteilung und Erwiderung fähig. Wir könnten uns ohne Worte über viele stille nächtliche Meilen hinweg unser Leben, unsre Leiden und Hoffnungen erzählen. Wir könnten vielleicht über fremde Schicksale weinen, und die eigenen würden uns im Mitteilen wieder neu und lieb. Wir würden Zusammenhänge und Ahnungen, die uns im eigenen Leben emporstiegen, bei Fremden wiederfinden, der Kreis erweiterte sich, und wir sähen die Fäden, deren Anfang und Ende wir in Händen zu halten glaubten, über Erdteile und Geschlechter gemeinsam gezogen. An diesen Fäden rührend wie an einzelnen Saiten einer Riesenharfe würden wir uns ein gemeinsames klareres Leben weiterdichten und Schritte in der Erkenntnis des Ewigen tun, die wir allein nicht tun können.

Ich kann euch nicht zurufen, meine Brüder. Aber ich will in jeder Nacht mich euer erinnern und euch mit dem Gruß des Mitleidenden grüßen.

Indes ich dieses denke, berührt mich eine sanfte Hand. Meine Muse! O wie ich Heimweh nach ihr hatte! Und sie wartete nur, bis in meiner alleingelassenen Seele ein Gedanke der Güte aufstiege!

Die Nacht wird weicher, linder und freundlicher, die Sterne glänzen zarter, und vor meiner Seele beginnt ein bekanntes Bild sich aus der Dunkelheit zu lösen. Ich kenne dich! Das ist der Park, das ist die halbrunde Träumerbank, das ist der Morgenduft jener Stunde, in der ich mein erstes Lied gedichtet habe! Mein erstes Lied! Eine junge frühlinghafte Blutbuche stand darüber und hüllte mich in ihre goldig roten Schatten. O jene süße, von Dichtung und Liebe schüchtern berührte Stunde! Ich danke dir, meine Muse!

DIE SIEBENTE NACHT

Frag nicht soviel! Von der Blutbuchenbank im Park von B ... soll ich dir erzählen? Und von der toten Elise? Und wieder von Maria, und von den andern – lauter Liebesgeschichten?

Es sind so viele! Frauen, die mich liebten, und andere Frauen, schönere, wunderbarere, geliebtere, die mich nicht liebten. Ich weiß nicht, welche mich mehr gequält haben. Jene drei Sterne erster Größe, die so hell und schwärmerisch am Himmel meiner Jugend und meiner Dichtung stehen: Maria, Elise, Lilia – die haben mich nicht geliebt. Von allen dreien aber litt ich nicht solche Qual wie von der einen, wilden Eleonor, und diese liebte mich. Eleonor! Schon der Name! Fürstlich, schön, kühl, übermütig, süß und feindselig zugleich. Ach, ich werde einmal von ihr singen –: Abend, Spätsommer, tiefsammetblau, Sterne fallen aus der warmen Höhe. Wir beide in der Spätrosenlaube, ich und Eleonor, selig elend, eins des andern innersten Mangel kennend. Eleonor! Vorwissend spielten wir unsre Liebe zu Ende, tragisch hohen Stils, mit großen Gebärden und in jedem Blick schon unverhüllt der Anfang vom Ende! Und nahmen Abschied in einer wetterleuchtenden Spätsommernacht zwischen letzten falben Rosen und rotem Weinlaub, lachend-leidend, und gossen die herbe Hefe der Leidenschaft aus zerspringenden Gläsern in die Nacht.

Ich will nicht mehr davon erzählen. Es ist seit jener Nacht, daß ich vom Leben weiß, daß es ist wie die Bewegung eines Schläfers, wie das Aufstehen einer kleinen Woge, wie das Lallen eines Halbwachen, und daß es kaum wert ist, gelebt zu werden. – Laß mich lieber von jenen andern Frauen reden! Sie liebten mich nicht, sie hatten für mich nur jenes Mitleid, das in großen gütigen Frauenaugen so unerträglich schön und grausam aussieht. Und eine davon verstand auch die Schönheit meiner Liebe und begriff, daß sie nicht mit Umarmungen zu stillen wäre.

Dichterliebe! Du weißt, die Menschen achten sie nicht hoch, so wenig als den Schmerz oder die Schönheit eines Liedes – es ist ja nur ein Lied! Daß einer liebt und vom ersten Tag seiner Liebe an auf den Genuß dieser Liebe verzichtet und sie, ihm selbst unerreichbar, bekränzt zu Sehnsucht und Traum in den Kreis der Sterne erhebt – wie sollten sie es auch verstehen? Sie wissen ja nicht, was Leben ist. Sie steigen wie kleine Wellen aus dem Fluß der Zeit, und fallen zurück, und haben nie gewünscht, ihr Dasein mit irgendeinem Faden an die Ewigkeit zu knüpfen. Sie wissen nicht, daß jeder Dichter sein Leben lang, oft halbbewußt, an den unsinnlich schönen Zügen einer Beatrice dichtet. Heraufgespült und rasch stromab getrieben vom trüben Fluß der Tage, schiffbrüchig schwimmend zwischen Geburt und Tod – wo sollten wir mit unsern sehnsüchtigen Blicken das in uns gespiegelte Bild des Ewigen suchen, wenn nicht in den Sternen? Von ihnen wissen wir, daß es dieselben sind, an denen schon in heimatlos durchirrten Nächten das kluge, traurige Auge des Dulders Odysseus hing.

O meine Muse, laß nicht die schönen Augen so mitleidig auf mir ruhen! Siehst du, wie hinter dieser wachen, blassen Stirn ein unbegriffenes körperloses Leben in fruchtlos aufzuckenden Flammen verlodert? Siehst du schon die Nacht, in der ich so wie jetzt vor dir liegen werde, nur blasser, ruhiger; die Nacht, in der die letzten verzweifelten Flammen hinter dieser Stirn verglüht sein werden?

Doch nein! Daran denkst du nicht. Ich verstehe dich nun. Dein Blick verrät mir: du weißt, daß du meine letzte Liebe bist. Daß du Maria, Elise, Lilia und Eleonor hießest. Daß du Beatrice bist! Ich wußte es längst und brauchte es nicht aus der florentinischen Schlankheit deiner Glieder, aus deinen dantesken Zügen zu lesen. Vor deiner süßen Nähe zitterte mein Knabenherz unter der Blutbuche, und es waren deine Augen, aus denen ich in jener schwülen Spätsommernacht so viel Liebe und Elend las.

Und dein Blick verrät mir: du weißt, daß ich dein eigen bin und daß du mir den Fuß auf den Nacken setzen darfst. Das ist der Mitleidblick im Auge jener Frauen, vor denen eine edelgeborene Mannheit auf Knien liegt, jenes halbe Herneigen, jene Lust, einen Sklaven zu haben – und dahinter die spöttisch traurige Frage: Ist das alles? Ist das die Liebe?

Wende diesen Blick von mir! Ich ertrage ihn nicht, mit seiner verborgenen Frage, mit seiner traurigen Grausamkeit. O wie könnte ich dir mit Vorwürfen antworten! Aber ich kenne dich. Du hörst mich an, du lächelst, nickst sogar, wenn ich dich der Bitterkeit und des Bruches erinnere, die durch dich in mein Leben gekommen sind. Du hörst mich an, du lächelst, du nickst sogar und fragst zuletzt: Soll ich fortgehen?

Du weißt: Er sagt nicht ja.

DIE ACHTE NACHT

Auch heute wieder! Dieses leise Sieden des Blutes, dieses Knistern hinter den Tapeten, diese langen Atemzüge des Windes! Eine Sekunde, eine Minute, noch eine, wieder eine, und so rinnt ein Tropfen des kurzen, kurzen Lebens um den andern fremd und unaufhaltsam an mir vorbei. Wie viele Stunden sind mir so unter den fiebernden Händen zerronnen? Vielleicht tausend, vielleicht zehntausend! Sie sind hin, sie haben kein Leid noch Glück mehr zu verschenken, sie sind ungelebt und doch abgezogen von dem mir Bestimmten.

Und dann werde ich weiß und schweigend liegen! Und unter geschmacklosen Förmlichkeiten in einem Holzkasten in die schmale feuchte Grube gelegt werden! Bekannte werden hinterher gehen, von Tagesgeschichten plaudernd. Ein Prediger wird vielleicht am Grabe in der entsetzlichen Sprache Jehovas die Lehre von Zeit und Ewigkeit verkündigen. Am Grabe eines Dichters!

Ja, lache nur, schöne Muse! Ich weiß, du wirst hinter dem Prediger stehen und deine süßen ironischen Staunaugen machen. Du bist ja schon an so vielen Gräbern gestanden. Und wie du aufhorchen wirst, wenn er von meiner unsterblichen Seele redet! Diese Seele ist ja du, oder ist doch ein Teil, ein Zug von dir. Sie lebt und ist ewig in einer deiner Gebärden, in einer Art zu lächeln, in einer besonderen Biegung deiner Stimme, in einer Nuance deines Lockenfalls. Wie viele tote und vergessene Dichter haben an dir gedichtet, bis du zu mir kamst, bis du so gliederschön, schlank und biegsam wurdest! Und nun bist du mein! Wenn auch kein Wort noch Reim von mir mich überdauert, einen Zug von mir wirst du Unsterbliche doch weitertragen. Und den werden meine Nachfolger, die meinen Namen nicht kennen, ehren und verstehen. In dem unsterblichen Werke, das einer von ihnen vollenden wird, wird irgendwo, sei's nur in einem Wort, einem Ton, einem kleinen zarten Zug, mein Leben verewigt sein. Eine kleine Stelle doch wird dich in den besonderen Zügen malen, die du mir verdankst. Eine kleine Schönheit doch wird in dem unsterblichen Werke sein, die ohne mich nicht wäre möglich gewesen, und der unerlöste Nachklang meines Lebens wird als willkommener Ton in eine Harmonie der Ewigkeit sich fügen. Ewigkeit! Was ist dann noch Tod, Grab und Prediger? Unbequeme Zufälle, wie tausend im Leben sind.

Und so arbeite ich bewußt an meinem Werk, an dem Völker, Erde und Gestirne unbewußt mitschaffen. Was sind Jahrtausende? Eine Spanne Zeit. Staub im Vergleich mit einem einzigen Blick des Ewigen. Jene schöne junge Nausikaa, die vor unendlichen Zeiten am Meere wandelte, ward von einem solchen Blick getroffen und ist heute schön, so jung und lebendig wie an jenem seit Jahrtausenden vergangenen Tage.

Du lächelst wieder? Meine schöne Muse, du bist ein Weib.

Ihr Frauen stehet dem Ewigen so nah, daß ihr unser Händeausstrecken und Hinübersehnen nicht verstehet. Und was ihr nicht verstehet, darüber lachet ihr. »Wie komisch!« – so könnt ihr ausrufen, wenn eines andern Züge von Leiden entstellt sind, die ihr nicht kennt. Dir zuliebe werde ich einmal versuchen müssen, elegant zu sterben!

Ich beneide dich, meine Muse! Ach, für dich ist mein ganzes Leben eine Episode, eine Herbstgeschichte, eine unruhige, kranke Nacht! Nachher wirst du wieder lachen und blühen, als wäre nichts gewesen, nichts als ein nervöser, unangenehmer Augenblick. »Nachher« – das heißt: wenn ich tot sein werde. »Ein unangenehmer Augenblick« – das heißt: mein Leben vom ersten bis zum letzten Lallen, mit der ganzen Welt von Jauchzen und Verzweifeln. Es wird ja nicht ins Leere fallen, aber was ist dieser Schimmer von Ewigkeit? Was sind selbst die größten Toten: der große Alexander, der große Tizian, der große Napoleon? Einem Hungernden ist ein Bissen Brot wichtiger als der große Alexander. Und wer hungert nicht? Wer ist nicht von tausend elenden Bedürfnischen umgeben, deren jedes ihm wichtiger ist als der große Alexander? Wieviel von meiner Unsterblichkeit würde ich geben, wenn ich jetzt schlafen könnte, wenn ich das leise, infame Fiebern der unflüggen Gedanken hinter meiner Stirn und den schmerzenden Augen zur Ruhe bringen könnte? Ein Viertel, die halbe, die ganze!

O wie du mich ansiehst! Wie du mich leiden siehst! Und alles um ein Weib, und alles um dich! Und jeder schwere Herzschlag in meiner Brust, und jedes schmerzliche Zittern meiner Lider, und jedes bedrückte heisere Atemholen meines Mundes ist ein Tropfen Leben für dich, ein Meißelführen, ein Pinselzug an deinem Bilde.

Ermahne mich nicht! Laß mich nicht denken, wie es wäre, das alles zu leiden nicht für dich, ohne dich, für nichts! Lies mir ein Märchen vor! Sag mir, daß du mich liebst, daß die Ewigkeit an meinem Lager sitzt und mit mir leidet.

Wie deine Hand zu streicheln versteht! Ich fühle dabei die ganze Geschichte dieser Hand, die ganze adelige Kultur ihrer Form und Geste, an der schon die Maler des frühen Florenz gearbeitet haben, die auf so viel lorbeerbekränzten, ungenügsamen, scharfgefalteten Künstlerstirnen ruhte. Wo ist ein Fürst, dessen uradlig geborene Geliebte solche Hände hat? Und auch in meiner Hand und auf meiner Stirn ruht deine Rechte nicht vergebens, auch von mir geht der leise Strom eines eigenartigen und feinen Lebens in sie über. Sie wird, wenn niemand mehr von mir weiß, auf andern Stirnen liegen, andere Schultern berühren, und in ihrer Berührung wird mit allen tausend andern auch meine Schönheit, Krankheit und Kunst verewigt und tätig sein.

Und die Kultur, dieser unsichtbare, leise, ununterbrochene Strom bewußten Lebens, in welchem Dante und Donatello nur schöne Windungen sind – das ist die Ewigkeit. Das ist die Ewigkeit! Das bist du, meine schöne Muse!

TAGEBUCH 1900

Basel, 7. April 1900

Abends. Ein dunkler, kühler Tag. Ich lege Tolstois »Auferstehung« aus der Hand. Ich hatte geschworen, sie nicht zu lesen, aber alle Welt war voll davon, ich mußte darein beißen, und nun ist es hinter mir. Zwar etwas von der trostlos traurigen, rohen, schrecklichen Luft dieses Russen drückt mich noch – es ist körperlich ungesund, solche Sachen zu lesen. Mit Tolstoi geht es mir genau wie mit Zola, mit Ibsen, mit Luther, mit Hebbel und zwanzig andern Größen – sehe ich sie, so muß ich den Hut abnehmen, wohler aber ist mir, wenn ich sie nicht sehe. Tolstoi ist von einer imponierenden seelischen Größe, er hat einmal die Stimme der Wahrheit gehört und folgt ihr nun wie ein Hund und wie ein Märtyrer, durch dick und dünn, durch Schmutz und Blut. Was ihn so häßlich macht, ist eben das Russische an ihm, dessen Schwere, Düsterkeit, Mangel an Kultur, Mangel an Freude sogar den zarten Turgenjew oft ungenießbar macht. Die Heiligen Martin und Franziskus haben dieselbe Lehre wie Tolstoi gepredigt, aber bei ihnen ist Person und Lehre ebenso hell, elastisch und erfreuend wie bei Tolstoi dunkel, spröde und niederdrückend. Vielleicht, ich will nicht leugnen, kommt von dorther die Erneuerung der Welt; aber ehe aus diesen herben, frischen, rohen Keimen Kunst werden kann, müssen sie noch hundert Jahre und länger reifen.

Mir träumte einmal, ich wäre mitten in einer großen, sonderbar schweigsamen Gesellschaft. Ein starker Mann in einem zu weiten Frack trat mich plötzlich ernst, streng und herrisch an und fragte mit rauher Stimme: Glaubst du an Christus? Während ich mich besann, was ich antworten sollte, sah ich sein glühendes Auge und seine groben, herausfordernden Züge so unangenehm nahe, daß das Gefühl der Beleidigung sich mir aufdrängte; ich mußte ein eisiges, verächtliches Nein sagen, lediglich um diesen aufdringlichen Blick und die ganze unerwünschte Gegenwart des groben Fragers abzuweisen.

In dieser Weise fragt Tolstoi. Seine Stimme hat nicht nur die zitternde Glut des Fanatikers, sondern auch den peinlich rohen Gurgelton des östlichen Barbaren.

Ich habe Sehnsucht danach, mich am nächsten warmen Tage in den hellen Frühlingswald zu legen und dort ein paar Seiten Goethe zu lesen.

Basel, 11. April 1900

Glaubst du an Christus?

Es war gestern, auf Riehenhof, in der kleinen Halle gegen

Abend; ich war zwei Tage bei Doktor Nagels zu Gast. Die freundliche Wirtin saß mit mir in herzlichem Gespräch in der zarten Abendglut, es war eine ungerufene glückliche Stunde; unsre Fragen rührten an alles Wichtige, Ernste, Beglückende, an den Tod, an die Sterne, an das Wunder. Auf die letzten Fragen gab kein Wort mehr Antwort, ein freundschaftlich vertrauendes Schweigen, ein Kopfnicken, ein Blick in die Röte des Himmels, ein stummes Deuten auf die sammetblauen Vogesen und den klaren, dunkelgrünen Schwarzwald –, und vor dem Schlafengehen lasen wir den dritten der Hymnen des Novalis.

Auf dem Kanapee im großen Gesellschaftszimmer auf Riehenhof stand ein fast vollendetes Bild von Fritz Burger: die Bachwiese mit reichem Obstblust. Bei solchen entstehenden oder eben entstandenen Kunstwerken empfinde ich immer Schmerz, Erhebung und Neid zugleich, denn ich stehe ja, mitten in Tag und Kram, ferner als je von meinem Werk, nach dem ich doch täglich lüsterner und sehnsüchtiger werde.

Basel, 15. April 1900

Diese warmen, grünen Abende auf Riehenhof! Seit Monaten hatte sich mir keine Zeile gereimt, und jetzt – es quillt so weich und ohne Ende, Verse, Verse! Es ist ganz wie es in schönen Anthologien steht: Frühling, junges Grün und Amselgesang, und dem Dichter verhängt ein selig goldener Nebel die Welt. Ich liege im Rasen, ich wandere durch die Wiesen, ich lehne im Halbdunkel abends im Zimmer, ich gehe zum Wein, und meine Lippen sind heiß und rot von lauter Reimen. Kein Inhalt, kein Gedanke, nur Musik von schlanken, lachenden Worten, nur Takt, nur Reim. Ich weiß dabei wohl, daß diese Verse, wenn noch so gut, noch nicht einmal Lyrik sind, und weiß, daß ich schon bald an heute und gestern als an etwas Unbegreifliches, Schönes, Vergangenes denken werde, mit Schmerz und Ironie. Auch ist mir, ein Dichter hätte das, was ich eben denke, schon mit sehr schönen Versen zu Tode gesungen, und wenn ich mich besinne, so ist es der unangenehme Freund Heine und sind es die Zeilen:

> Sag nicht, daß du mich liebst,
> Ich weiß, das Schönste auf Erden,
> Der Frühling und die Liebe,
> Es muß zuschanden werden.

Der Frühling und die Liebe. Liebe? Ich weiß nicht. Es ist nur ein Name, und bei mir ist die Liebe eben dieser weich zerfließende Lyrismus, der mich als besondere Form des Sentimentalen jeweils befällt und ebenso süß als schwächend ist. Oder soll ich dabei an Elisabeth denken? Ist das denn Liebe, daß ich manchmal Lust habe ihr mehr zu sagen, als man sonst Mädchen sagt? Daß es mich zuweilen traurig macht, wenn ich mir vorstelle, ich mache ihr Geständnisse und führe mit Schande von dannen? Müßte ich nicht den unsichern Grund meines ganzen jetzigen Lebens antasten, einen steinernen Grund legen und von da aus mit der roten Fahne der Leidenschaft, mit Stürmen und Opfern nach ihr jagen? Wenn ich mich jener ernstlichen, brennenden Leidenschaft erinnere, mit der ich noch als halber Knabe der ersten Frauenliebe verfiel, an jene Entzückungen, an jene durchweinten Nächte, an jene im Fieber entworfenen, von plötzlichen Selbstmordgedanken gekreuzten, dennoch selig frechen Lebenspläne, an jene Wut, den Namen Elise viele hundert Mal im Bette zu flüstern, im Garten zu singen, im Walde laut zu schreien – wenn ich an das alles denke, so muß ich traurig lachen und kann dieses zarte Hinüberneigen nicht Liebe nennen. Eine Stimmung, ein in Dämmerung angeschlagener Moll-Akkord, ein scheuer Anfang eines unsicher elegischen Gedichtes – und schließlich eben dennoch seit Jahren die einzige, wenn noch so leise Erregung, bei der mir der Name Liebe einfiel. Der lodernde Rausch von damals, durch viel Philosophie, viel Ästhetik, viel Kunst und viel Ironie jahrelang ins

Blassere, Flüchtigere nuanciert, ist's doch vielleicht. Aber ich träume doch zuweilen von jener alten Liebe so rot und feuerfarben, habe Sehnsucht nach einer Leidenschaft, die gellend und bacchantisch sich aus Übermut und Ungenügen zum Verhängnis wöbe. Ist dieser Traum und diese Sehnsucht alles, was ich vermag, ist es der Nachklang der alten Liebe oder Ahnung einer kommenden, noch möglichen? Und steigt dieser Traum rein aus dem unbewußten Leben, aus Instinkt und verlorener Erinnerung, oder hat er seine Farben von Böcklin und seinen großen, dämonischen Takt von Chopin und Wagner?

Ich glaube, daß kein anderer Mensch über die Gründe seines inneren Lebens und über die wahren Ursachen seines Begehrens und Ungenügens so durchaus im Dunkeln ist und immer tiefere Finsternis findet wie eben der, der seine flüchtigsten Regungen beobachtet und dem Entstehen jeder Reizung nachspürt. Als ob dadurch sich das verscheuchte Unbewußte nur enger konzentrierte und sich, ängstlich geworden, vollends jedem vorsichtigsten Blick entzöge.

Axenstein, 3. Mai 1900

Hier darf man nicht schreiben. Mir ist's wie eine Ahnung von Gesundwerden.

Basel, 13. Mai 1900

Der See wirkt noch leise nach. Seine Schönheit ist unerschöpflich und ist jetzt, da alle Berge noch tiefen Schnee haben, noch frischer und reiner. So oft ich ihn schon besuchte, er ist immer wieder neu, voll Trost und Reichtum. Jedesmal, wenn ich in Luzern an den Quai trete, beginnt seine Wirkung und ist jedesmal verstärkt oder verändert. Ich meine nicht die schönen Matten, nicht den Pilatus, die Wälder oder den Rigi, den langweiligsten aller Berge, – was mein Auge so begeistert, ist einzig die Schönheit dieses klaren Wassers, das vom Blauschwarz übers Grün und Grau bis zum silbernsten Silber jeder Farbe und Nuance fähig ist. Bald hat das Wasser ein metallen schweres Grau, bald bei schwachem Wellenschlag ein kühles Hellgrün, bald ist »Öl auf dem See«, wie die Maler verzweifelnd sagen. Dies ist das Schönste, diese Flecken von verschiedenster Farbe, oft mit scharfem Kontur begrenzt, oft in den verfeinertsten Übergängen aufgelöst, darauf tiefblau die Wolkenschatten und silbern oder bleiern, je nach der Sonne, die Schneespiegel. Aus großer Höhe verliert der See fast allen Reiz, am schönsten ist er vom Boot aus oder, wenn viel Sonne ist, von Morschach oder Seelisberg.

Ich sah neulich dort ein kühles, helles Blaugrün, ganz wie am Himmel das Spätblau nach dem Abendrot, aber nicht goldig, sondern silbern getönt, – diese unbeschreibliche Farbe und ihr Übergang zum völligen Mattsilber gewährte mir eine ganz überschwengliche Lust, ein Gefühl der Befreiung vom Gesetz der Schwere, ein Gefühl der Auflösung, als läge meine Seele kühl und ohne von mir zu wissen auf dem schweigenden Seebusen ausgebreitet, ganz Äther, ganz Farbe, ganz Schönheit. Nur äußerst selten hat mich ein Eindruck künstlerischer, poetischer oder philosophischer Art in diese Höhe und Ruhe versetzt. Das war nicht mehr die Freude am schönen Bild, die freundliche Selbsttäuschung, welche man sich vor guten Kunstwerken gestattet – im Anblick dieser Farbe genoß ich für Augenblicke den Triumph der reinen Schönheit über alle Regungen des bewußten und unbewußten Lebens. Hatte ich nicht doch zuweilen an meinem Stern gezweifelt und war geneigt, einigen landläufigen Angriffen gegen die »ästhetische Weltanschauung« recht zu geben? Ich weiß nun, daß meine Religion kein Aberglaube ist, daß es sich lohnt, alle körperlichen und geistigen Dinge nur in ihren Beziehungen zur Schönheit zu betrachten und daß diese Religion Erhebungen schenken kann, die an Reinheit und Seligkeit denen der Märtyrer und Heiligen nicht nachstehen. Daß sie zugleich nicht mindere Opfer verlangt und nicht geringere Qualen und Zweifel und Kämpfe bringt, wußte ich längst. Der Schönheit gegenüber ist in uns dieselbe Erbsünde, dasselbe Fallen und Wiederaufstehen, dasselbe mit Beseligungen abwechselnde Elendgefühl wie im Leben des Christen. Überhaupt sind diese wahrhaftig Frommen für uns Ästheten die einzigen würdigen Feinde, denn sie allein kennen ebenso tief wie wir die Abgründe des täglichen Lebens, die Leiden unter der Gemeinheit, das Auf-Knien-Liegen vor dem Ideal, die Ehrfurcht vor der Wahrheit und die schonungslose Konsequenz des Glaubens. Seit dem Untergang der von uns immer nur höchstens annähernd verstandenen Antike sind immer nur diese beiden Wege über das Gemeine hinausgegangen, denn nach meinem Gefühl ließen sich die Wege der Ästheten und der Christen durchaus auch in der Geschichte der Philosophie verfolgen. Jedenfalls führt auch der Weg des Denkers, sobald er irgendeine Stellung zum Ewigen bewahrt, durch dieselben Opfer und Leiden, durch schmerzhaftes Berühren einer immer offenen Wunde, durch Weltentsagung in irgendeinem Sinn, durch niedergezwungenen Ekel und durch die Finsternisse des Zweifels am Ideal. Ist es der Philosoph, der Schönheitsucher oder der Christ, zu dessen Ideal die immer gleiche »Welt« im peinlicheren Kontraste steht? Alle drei jedenfalls leiden, und alle drei verschmähen die Kompromisse, also das »von Fall zu Fall«, und den Humor. Oder gibt es wirklich einen Humor, vom gemeinen Witz abgesehen, dessen letzter Grund nicht eine Schwachheit, ein Schwindeln und Zurücktreten vor der schmerzlichen Konsequenz des Idealisten ist? Spürt man die Grenze nicht in jedem witzigen Gespräch, wenn ein Mitredender noch so geistreich beginnt an Dinge zu rühren, deren Wesen Würde ist und deren Mithereinziehen in den Kreis des Witzes auch den Gröbsten zuweilen ans Gewissen greift? Wie kann man Mitspieler in einem Lustspiel sein wollen, da man doch weiß, daß der Witz der Komödie auf der Erbärmlichkeit der Personen beruht? Jedoch liegt für den toleranten Idealisten ein höchster komischer Reiz eben im Untersinken eines Helden zum Gemeinen. Es gehört zu den Opfern, die wir dem Ideal schuldig sind, auch diesen überaus verführerischen Reiz zu töten. Die schwärmerischen Verliebten, die nach erfolgter Aufklärung über die geringe Mitgift so komisch haltmachen, die Helden, die auf dem Weg zu etwas Edlem im Augenblick des körperlichen Ermattens ihr Ideal für eine Mahlzeit verkaufen, diese und alle ähnlichen Lustspielfiguren haben unter ihren applaudierenden Zuschauern immer eine Menge von Brüdern, für welche der heftigste Reiz des Spiels im halberwachenden Gewissen liegt. Manche von diesen hätten vielleicht für Augenblicke Lust zur Entrüstung, da aber der Mut fehlt und da sie schon hundertmal an derselben Klippe gestrandet sind, applaudieren sie dem Helden und ahmen ihn nach, indem sie ihr Ideal für das Vergnügen zu lachen verkaufen. Ich kenne wenige, denen es gelingt, und mir selbst gelingt es selten, auch ein solches Spiel, falls dieses es verdient, rein als Kunstäußerung und ohne Bezug zur stofflichen Komik zu genießen. Die wenigen Lustspiele solcher Art, welche ich besuche, machen mich meistens nur ärgerlich oder traurig, je nach der künstlerischen Qualität.

Basel, 19. Mai 1900

Elisabeth. Ich traf sie im Garten. Sie trug eine neue Sommertoilette, sehr einfach, matt hellblau. Sie saß auf der Schaukel und wiegte sich wie ein schöner Vogel, der weiß, wie schön er ist. Und dann kam Frau Doktor, und es wurde dunkel, man trank Tee und Eiswasser, Sterne kamen herauf. Ich begleitete sie nach Hause und fühlte, daß ich heute abend langweilig war. Ich erzählte sogar von einem Roman, den ich schreiben wolle und den ich ihr zu dedizieren versprach.

Jetzt scheinen mir die Sterne ins Zimmer. Etwas von der ehemaligen süßen Trauer klingt in mir an, eine Melodie von Chopin, aus der G-Moll-Ballade, fällt mir ein.

Basel, 23. Mai 1900

Ironie! Wir sprachen den ganzen Abend davon. Natürlich schreib' ich wieder nachts, ein Uhr. Ironie? Wir haben wenig davon. Und doch, sonderbar, lüstet mich oft nach ihr. Meine ganze schwerblütige Art aufzulösen und als schmucke Seifenblase ins Blaue zu blasen. Alles zur Oberfläche machen, alles Ungesagte mit raffinierter Bewußtheit sich selber als entdecktes Mysterium reservieren! Ich weiß wohl, das ist Romantik. Das ist Fichte in Schlegel, Schlegel in Tieck und Tieck ins Moderne übersetzt. Warum nicht? Tieck ist unerreicht, auch von Heine unerreicht, und müßte eigentlich mit seiner unplastischen, musikalischen Grazie mein Liebling sein.

Basel, 30. Mai 1900

Schopenhauer. Ich habe oft das Gefühl, er mime und habe nicht recht, ohne daß ich doch etwas Besseres wüßte. Oder doch, ich weiß etwas Besseres, aber es ist zu schwer und unversucht zum Sagen.

Basel, 6. Juni 1900

Meine Märchennovelle ist fertig. Man lobt sie, zuweilen mit Verständnis. Mir genügt sie wieder nicht, so sehr die Lust beim Schreiben wuchs. Den Cäsarius hab' ich zu Ende. In den Kapiteln *de tentationibus* (?) speziell *de tentatione dormiendi* (?) einige kleine reizende Stoffe. Meine Sammlung Romantica um zwei gute Stücke vermehrt, die »Minnelieder« von 1803 und das erste Sternbald, erstere überaus köstlich. Hoffmann tritt mir als romantischer Erzähler immer mehr an die erste Stelle, Tieck versagt doch öfters, auch in den Märchen, Novalis ist noch nicht fertig geworden, und Brentano ist doch zu bewußt formlos. Übrigens ist der Godwi ein geniales Buch, oberflächlicher, aber unendlich reizender als der Lovell. Den Ofterdingen abgerechnet, der nicht mehr Literatur ist, schätze ich doch eigentlich die »Brambilla« am höchsten. Technisch betrachtet ist das meiste Seitherige minderwertig, auch Keller hat nur wenige Mal einen Stoff so von innen erleuchtet und so ganz zu Kunst gemacht. Wieviel Romantik übrigens in Kellers Technik noch steckt, ist auffallend.

Vitznau, 4. September 1900

In den Uffizien von Florenz könnte ich nicht so fleißig, selig und eifersüchtig der Schönheit nachgehen wie auf diesem herrlichen Stück Wasser.

September. Vormittagsnebel; selten ein Regentag. Heiße Mittagsstunden, kühle Nächte bei zunehmendem Mond. Noch nirgends sieht man ein welkes Blatt, das Laub ist spätsommergrün und bekommt schon überall den Metallglanz des Septembers; Äpfel, Pfirsiche und Feigen fallen von den überbeladenen Bäumen. Die Abende sind ohne Ausnahmen hell, farbig und leuchtend.

Vitznau, 5. September 1900

O wenn ich jetzt die naive Genußsucht meiner früheren Jahre wieder hätte, wenn noch mein Herz wie früher des berauschten schwelgerischen Schlagens fähig wäre!

Aber trotzdem – ich feiere täglich einen Kranz von Festen. Der See entschleiert sich allmählich meinem fleißigen Auge und hält mich nun fortwährend in einem Kreis von Lockungen, Reizen und Überraschungen gefangen. Zuweilen hält er an sich, läßt mich warten und wirft mich dann unversehens händevoll mit Kostbarkeiten, daß mir die Augen flimmern. Die wesentlichen Farbenwechsel der einzelnen Buchten, Himmelsrichtungen und Tageszeiten habe ich wohl erfaßt, aber was ist dieses Gerippe gegen das überströmend freudige Leben, das sich ohne Ziel und Norm von Augenblick zu Augenblick in unglaublicher Üppigkeit verblutet und erneuert!

Ich verbringe alle Stunden des Tages damit, dem See seine Farbenspiele und Geheimnisse abzuspähen. Nachdem ich in den ersten Tagen die Uferwege unzähligemal hin und her gestrichen, bringe ich nun ziemlich meine ganze Zeit auf dem Wasser selbst zu. Zuweilen versuche ich es noch mit dem Blick von oben her, ohne große Entdeckungen. Von der Höhe der Hammetschwand ist das Wasser für mein Auge eben noch zu genießen, darüber hinaus schwindet Glanz und Farbe von Meter zu Meter, und von Rigikulm aus ist der See stumpf und beinahe grau anzusehen. In geringerer Höhe gewährt er noch einige feine Reize, namentlich durch Wald hindurch betrachtet, wobei Buchen-, Kastanien- und Eichenlaub zuweilen köstliche Nuancen gewähren.

Doch wozu diese ärmeren und entlegeneren Blicke suchen und Zeit und Sonne daran vergeuden? Statt dessen kreuze ich den ganzen Tag im Boot auf der Fläche und in den Buchten umher. Ein leichtes Kielboot, für die Ruhepausen eine Zigarre und ein Band Plato, sowie Rute und Angelzeug, das ist meine Ausrüstung.

Ob der Tag noch kommen wird, an dem ich in Worten diese Flut von bunten Seligkeiten und farbig erregten Momenten werde zu Ende dichten können? Diese Lockungen, Lüsternheiten, Begierden, diese plötzlichen Befriedigungen, Ekstasen und Blendungen? Heute kann ich nur stammeln und prosaisch notieren. Vielleicht wird es dabei bleiben, vielleicht ist es überhaupt der Sprache nicht möglich, dem individuell forschenden und genießenden Auge auch nur bis über die ersten gröberen Nuancen weg zu folgen. Auch die Maler müssen ja schon bei den scheinbar simpelsten Mischungen sich dem Instinkt überlassen und problematische eigene Wege gehen. – Kann man sich einen sprachlichen Pointillisten denken? Und doch – was ist Blaugrün? Was ist Perlblau? Wie läßt sich das leise Überwiegen etwa des Gelb, des Kobaltblau, des Violett aussprechen? – und doch liegt in diesem leisen Überwiegen das ganze süße Geheimnis einer Stimmung, einer beglückenden Kombination beschlossen.

Vitznau, 6. September 1900

Das ist mein Fluch und Glück, daß ich keine Schönheit grob und froh genießen kann, daß ich sie auflösen, durchdringen, in Einheiten zerlegen und über die Möglichkeit ihres Wiederaufbaues auf künstlerischem Wege nachdenken muß.

Nur zuweilen kommt das alte schwere Wesen, das ich so konsequent von mir abstreifte, für Augenblicke anklingend wieder über mich – die alte unschuldig stumpfe Hingebung und rechenschaftslose Schwelgerei. Diese Augenblicke müssen immer seltener werden, ich darf um ihre kurze trübe Lust nicht mein Ideal verkaufen, denn ein völliges Zurückkehren in die harmlose Dämmerung ist mir doch nie mehr erlaubt. Wenn irgendwo, so liegt für mich Lust und Sinn des Lebens im Fortschreiten, im immer bewußteren Klarlegen und Durchdringen der Wesenheit und Gesetze des Schönen.

Eine Stunde jenes Zurückdämmerns hatte ich heute. Nach Mittag, in der herrlichen Sonnenglut, mitten auf dem breiten See, Weggis gegenüber. Ich lag über die Rudersitze hingestreckt und blickte über die Seefläche. Eine Flut von Rotblau und Gold schwoll vor meinem Blick breit und rastlos hin. Alle meine Sinne schliefen und träumten; ein warmes schwärmerisches Wohlsein hielt mich gebannt. Mein Auge vermochte keinen Kontur, keinen Strahl, keine Lichtgrenze zu unterscheiden, mein Blick verlor allen Willen und taumelte wie ein Freigelassener durch ein Meer von unverstandener Schönheit, von Rot, Blau und Gold, ungleich und ziellos wie der Flatterflug eines Falters.

Vitznau, 7. September 1900

Der äußerste Vorsprung der »oberen Nase«, vom Lande unzugänglich, ist mit einer kleinen Pflanzung junger, ich schätze etwa fünfzehnjähriger Eichen bestanden. Das helle, in der Farbe herbe Laub gibt im Wasser einen wunderbaren Effekt. Der ganze Wasserfleck erscheint schon von ferne ausgezeichnet durch eine aparte, gelbliche Helligkeit, und überraschend köstlich ist es, aus dem tiefgrünen, vormittäglichen See in diese scharfbegrenzte, hellere Fläche zu fahren. Ich sah heute dort, leider ohne Sonne, den Spiegelkontur einer weißen Wolke diese eichengrüne Grenze zweimal schneiden. Das Weiß blieb unverändert und zeigte nur an der Seeseite schärfere Konturen. Während ich die schönen Linien verfolgte, ging ein Dampfer vorüber, in dessen Kielwasser plötzlich das Silber eines flüchtigen Sonnenblickes aufblitzte. Einige Sekunden lang blieb der ebene Wasserstreif im Silber, die jenseitigen Schiffswellen glänzten matt goldbraun, die diesseitigen blieben hellgrün mit weißen Lichtern. Einige Sekunden – und in diesen Sekunden verstand und genoß ich mit freiem Auge diese plötzliche, raffinierte Kombination wie das Lächeln einer Göttin, wie den aufleuchtenden, reimgeschmückten, prägnanten Vers eines Gedichtes.

Vitznau, 8. September 1900

Ein unsicherer, windiger Tag, mit flüchtigen Sonnenblitzen. Ich fuhr Buochs gegenüber am Bürgenstock hin. Jenseits glomm der See gegen das Ufer hin unzähligemal in einer seltsamen, feinen, kühlen Farbenflucht auf, ganz wie blanker Stahl im Verkühlen: rotblau, rotbraun, gelb, weiß.

Von halber Höhe des Bürgenstocks drang Geläute von Kuhglocken herab. Die schönen, welligen Matten standen lichtgrün in den blassen Himmel und zeigten jenen unsäglichen, traurig-kühlen herbstlichen Ton, den man nie entstehen sieht und der jedes Jahr wieder in irgendeiner Stunde plötzlich da ist und uns erinnert, wie uns der Name eines lieben Toten erinnert – an den großen Wechsel, an die Unsicherheit des Grundes, auf dem wir bauen, an den Tod, an die unzähligen mühsamen Wege, die wir unnützerweise gegangen sind.

Ich ruderte aus, um die Tönungen der Wellen im Buochser See zu betrachten, um mein Gedächtnis mit dem Bild einiger

Farbenvermischungen, einiger Lichtbrechungen, einiger Silbertöne zu bereichern. Ich ruderte aus, kühl, fröhlich und elastisch, einen Reim im Ohr, einen Vers auf den Lippen, um die Schönheit auf einigen mir noch fremden Wegen, in einigen neuen Spielen zu belauschen – und endete damit, diese Herbstmatten zu finden, die ersten dieses Jahrs, diese unabweislichen, zarten, traurigen Boten.

Ich wendete mich um und ließ das Auge lang auf dem bewegten, frischen Wasser ruhen, ich beobachtete in der Luft gegen Brunnen und an der Wand des Oberbauen einen einzelnen Sonnenstrahl; aber mein Gedanke verfolgte ihn nicht mit seinem rastlosen, elastischen Eindringen. Nur mein Auge sah die blaßgoldenen Reflexe zittern und verleuchten, mein Gedanke nahm nicht teil, er verweilte hinter mir, über dem steilen Walde, auf jenen bleichgrünen Matten. – Herbst!

Und ich besann mich, ob ich auf dem rechten Wege sei, ob mein rastloser Lauf mich meinem Sterne nähere oder entführe, ob er mich jemals in geistige Höhen führen könne, in welchen dieser Herbst und diese Traurigkeit mich nicht mehr würden berühren können.

Hier gab es in meinem Nachsinnen einen Moment, in welchem ich, hätte ich es in meiner Macht gehabt, den ganzen Schleier des äußeren Lebens von mir gelegt und alle Fäden der Lust, der Liebe, der Trauer, des Heimwehs und der Erinnerung abgeschnitten hätte. Ein Höhepunkt, ein kurzes, ruhiges Atemholen auf hohen Gipfeln: hinter mir alle Beziehungen des Menschlichen, vor mir die leichte, kühle Weite der Schönheit des Absoluten, des Unpersönlichen. Ein Augenblick – ein Atemzug!

Die Glockenlaute schwankten herab, ich schloß die Augen und sank und sank von der Höhe. Eine schwere, körperhafte Trauer bekam Gewalt über mich. Ich wollte entrinnen, mein Gedanke bäumte sich noch einmal wie ein mißhandeltes Roß, aber ich unterlag. Und jene schwere, müde Traurigkeit überwältigte mich, beugte mich tiefer und tiefer, löschte alle Sterne aus, quälte mich und feierte alle schmachvollen Triumphe eines grausamen Siegers.

Klar und nahe, wie durch eine plötzlich zerrissene Hülle, lag der helle Garten meiner frühesten Erinnerungen vor meinem Auge. Und meine Eltern. Und meine Knabenzeit, meine ersten Liebeszeiten, meine Jugendfreundschaften. In dieser bedrückten Stunde redeten sie alle eine so traurig-fremde, schöne Sprache, so heimwehmachend und so ernsthaft fragend wie die Züge von Toten, denen wir Tränen nicht getrocknet und Wohltaten nicht erwidert haben. Ich wies sie von mir, und sie gingen, eine tote Gegenwart hinterlassend.

Zugleich mit dem lastenden, schwächenden Herbstgefühl stieg eine peinigende Abschiedsstimmung in mir auf. Ich sah hinter den wenigen noch freien, einsamen Ruhetagen die Stadt und das wiederbeginnende aufreibende Leben auf mich warten, die vielen Menschen, die vielen Bücher, die unzähligen Nötigungen zur Lüge, Selbstbetrug und Zeitverderb. Und plötzlich brannte meine ganze Jugend in schmerzlicher Lebenslust in mir auf, ich warf mich in die Ruder, kreuzte auf der großen Bucht umher, kehrte um den Vorsprung des Bürgenstocks zurück, bis an die Matt, bis nach Weggis. Die notwendige Ermüdung sättigte mich nicht, gierig und verzweifelnd erfüllte mich ein klaffendes Ungenügen, eine Lust, alle Freiheit und Kraft meines Lebens in eine einzige Stunde gedrängt jäh und lachend zu vergeuden. Der See war mir zu schal, die Berge zu grau, der Himmel zu niedrig. In Weggis nahm ich ein Bad und schwamm in den See hinein, drängte mich mit beiden Armen in das Wasser, tief atmend. Müde geworden legte ich mich auf den Rücken, ganz langsam schwimmend, und hing mit wartenden Augen am Himmel, unbefriedigt, überdrüssig. Ich hätte mein Leben für das Gefühl der Fülle und des Genusses gegeben, nach dem ich dürstete.

Und dann schwamm ich zurück und bestieg das Boot wieder

mit der ganzen dumpfen Trauer des Herbstes, des Abschieds und der inneren Ungewißheit.

Seither bin ich ruhiger geworden. Mein Prinzip hat gesiegt, ich genieße nun diese Trauer und Hoffnungslosigkeit, wie ich mich gewöhnt habe, auch schlechtes Wetter zu genießen. Sie hat ihre eigene Süßigkeit. Ich unterrede mich mit ihr und spiele auf ihr, wie ein Sänger auf einer schwarzen in Moll gestimmten Harfe spielt. Was will ich im Grunde anders von jedem Tag als eine Stimmung, eine ihm eigentümliche Farbe und, wenn es glückt, ein Lied?

Vitznau, 9. September 1900

Als ich heute mit der Angelrute am Ufer saß, der nachklingenden gestrigen Traurigkeit ergeben, trat mir plötzlich der Name Elisabeth auf die Lippen. Es gelang mir, ihre Gestalt scharf und rein in mir heraufzubeschwören, so daß sie mich aus meinem Traum wie aus einem tiefen Spiegel anblickte. Zugleich empfand ich eine mächtige Sehnsucht nach der Lektüre der *Vita nuova,* so daß ich beinahe diesem herrischen Gelüste zulieb schon heute nach Basel zurückgekehrt wäre.

Bölsche könnte an mir einen eklatanten Fall von Distanzliebe konstatieren. Prüfe ich mich genau, so muß ich sagen, daß die Anziehungskraft, die Elisabeth auf mich übt, vom ersten Augenblicke an auf einer einzigen frappanten Profillinie beruhte, namentlich auf dem raffiniert eleganten Kontur des Halses und des Kinns im Profil. Aber – was ist an meinem Fall am Ende besonderes, da erwiesenermaßen schon eine Frisur, ja schon ein Kleid, ein Gürtel, ein Band diese Wirkung üben kann.

Ich besitze die Schönheit meiner Liebe in dieser Linie, wie man ein Meisterbild nach reichlicher Anschauung besitzt, so daß es nur an dem jeweiligen Versagen der Vorstellungskraft liegt, wenn ich noch nach ihrer körperlichen Gegenwart verlange. Und doch – ich tue Unrecht, meine Liebe, das arme Schoßkind, so formal zu deuten. Wie oft habe ich doch gewünscht, ihre feine Hand zärtlich zu berühren, sie zum Plaudern zu bringen, lang in ihre Augen zu sehen! In diese Gedanken und Begierden spielen schon alle unfaßbaren Reflexe der jenseitigen Schönheit herein. Sobald meine Skepsis einen Augenblick schläft, höre ich doch in meiner Liebe die Engel singen und Paradieserinnerungen an die Pforte meiner Seele pochen. Und sie selbst, meine Seele, leidet lächelnd unter allen Roheiten und Vergewaltigungen des herrschsüchtigen Gedankens. Sie schläft unter dunklen Schleiern, schläft und träumt vielleicht von den innersten Geheimnissen jener Welt, an deren Toren mein bewußtes Leben in seinen höchsten Momenten noch beklommen stehen bleibt.

Und diese meine Seele erzählt mir in wohllaut-fremder Sprache von einer seligen Heimat, deren wir beide, Elisabeth und ich, verlaufene Kinder und verirrte Bürger sind. Wie ein fremdartig süßer Duft, wie Takte einer niegehörten, dennoch traumbekannten Melodie – wie Antwort auf nie gefragte, dennoch wohlgefühlte Fragen.

O diese Seele, dieses schöne, dunkle, heimatliche, gefährliche Meer! Während ich ihre schillernde Oberfläche unermüdlich prüfe, liebkose, befrage und bestürme, spült sie zuweilen immer wieder wie zum Hohn ein fremdfarbiges Rätsel aus bodenloser Tiefe vor mir aus, Muscheln, die von unermeßlichen, fremden Räumen reden, wie ein Stück uralten Schmucks vereinzelte, unsichere Ahnungen einer versunkenen Vorzeit beschwört.

Dort liegt vielleicht auch meine Kunst, dort schläft vielleicht mein Lied, das heiße, stolze Lied mit den stürmenden, bacchantischen Takten, während ich auf unfruchtbaren Feldern Kraft und Jugend vergeude. Oh, fände ich jene Stimmungen wieder, die in vergangenen Jahren mir jede Frühlingsnacht so reich und üppig gab, jenen schwärmerisch maßlosen Herzschlag, jenes satte Verlorensein an die Phantasie und an das erregte Klingen des eigenen Blutes!

Vitznau, 10. September 1900

Ich kannte heute kaum die Menschen mehr, die seit acht Tagen neben mir zu Tische sitzen. Als wären seit gestern zehn Jahre vergangen. Meine Bücher, mein Zimmer, mein Angelzeug, meine Kleider, meine eigene Hand – alles fremd, alles mir nicht zugehörig, alles mich mit seiner unerwarteten Gegenwart bedrückend.

O diese Nacht! Zehn Stunden ohne Schlaf, jede Minute ein Kampf meiner unterdrückten Seele mit dem grausamen, gewaltherrischen Gedanken, ein Kampf mit Zähneknirschen und Schluchzen, ein Ringen ohne Waffen, Brust an Brust, mit allen Listen und Grausamkeiten der Verzweiflung. Alle Dämme und Grenzen, die ich in meinem inneren Leben gezogen hatte, alle mühsam vorbereiteten Saaten, alle gelegten Grundsteine sind in diesen Stunden zertreten und vernichtet worden. Mir ist es noch wie ein Traum.

Nach einem schweren, traurigmüden Abend – es war ein Sonnenuntergang, wie ich nie einen gesehen – legte ich mich früh zu Bette. Vor meinem Fenster dampfte der See und schlug mit feinen, regelmäßigen Wellen an die Mauern. Ich sah vom Bett aus die Hammetschwand in den bleichen Himmel stechen. Da begann ich zu fühlen, daß die Stunde eines lang verschobenen Kampfes unerbittlich gekommen war, daß alles Unterdrückte, an Ketten Gelegte, Halbgebändigte in mir erbittert und drohend an den Fesseln zerrte. Alle wichtigen Augenblicke meines Lebens, in denen ich meiner Bestimmung einen neuen, engeren Kreis gezogen, in denen ich dem Gefühl des Ewigen, dem naiven Instinkt, dem eingeborenen, unbewußten Leben ein Feld entzogen hatte, traten in voller, feindseliger Schar vor mein Gedächtnis. Vor ihrem Andrängen begannen alle Throne und Säulen zu zittern. Und nun wußte ich plötzlich, daß nichts mehr zu retten wäre; freigelassen taumelte die ganze untere Welt in mir hervor, zerbrach und verhöhnte die weißen Tempel und kühlen Lieblingsbilder. Und dennoch fühlte ich diese verzweifelten Empörer und Bilderstürmer mir verwandt, sie trugen Züge meiner liebsten Erinnerungen und Kindertage.

Zugleich mit diesem Wiedererkennen drang ein scharfer Schmerz todesbitter durch mein innerstes Wesen, der mich in verzerrten, zwiespältigen Gefühlen marterte und aufrieb, lang, stundenlang, bis ich wurde wie ein gequältes, ratloses, verängstetes Kind. Ein Schluchzen überfiel mich, ein Schluchzen ohne Tränen, unsäglich bitter, zuckend und verzweifelnd.

Genug, genug! Die Nacht ist um; ich weiß, daß eine so entsetzliche nicht wiederkommen kann. Ich spüre keinen Schmerz mehr, nur eine träge Erschlaffung und ein Gefühl, ein müdes, rätselhaftes, unsicher schmerzendes, als wäre mir im Innern etwas gesprungen, ein Nerv zerrissen, ein Keim geknickt. Und ich glaube – . . . Nein, nein!

Und dennoch: ich glaube nicht, ich fühle, ich weiß mit unabänderlicher Gewißheit – das ist meine Jugend, das ist meine Hoffnung, das ist mein Bestes und Heiligstes, dessen abgeknickte Ranke ich wie etwas Fremdes, Störendes in mir spüre.

Herbst.

Es leidet mich nicht länger hier. Morgen will ich in die Stadt zurück. Dieser melancholisch stille See mit den bleichen Herbstmatten, diese kühlen Berge und dieser kühle Himmel ängstigen mich. Der mitgebrachte Plato liegt auf dem Tisch. Elende Scharteke! Was ist mir Plato? Ich muß Menschen sehen, Wagen fahren hören, neue Bücher und Zeitungen aufschneiden und den frischen, unreifen Duft des schnellen Lebens atmen, auch sehne ich mich danach, Nächte in kleinen Weinschenken zu verbringen, mit gemeinen Mädchen gemeine Gespräche zu führen, Billard zu spielen und tausend Nichtigkeiten zu treiben, die ich mir selber als tausend Gründe dieses Jammergefühls aufzählen kann, das ich ohne Gründe und ohne Betäubung nicht länger ertrage. Es muß noch Genüsse geben, die mir unbekannt geblieben sind, es muß noch Reize geben, auf die meine Nerven heftig reagieren, noch rare Bücher, die mir Freude machen können, noch irgendeine neue, raffinierte Musik.

Ich werde es nicht vergessen, mein Leben lang nicht. O diese Nacht! Ich werde in jeder schlaflosen Nacht an der Erinnerung dieser Qualen leiden, sie werden aus jedem Genuß, aus jeder Reizung wie verborgene böse Geister hervorblicken, alle Grenzen von Wohl und Weh verwischend und alle Empfindungen auflösend in jenes stachelnde, giftig süße, schmerzlich ermüdende Gefühl, das mich nie so wie in dieser Nacht gepeinigt hat. Das Presto jener unheimlichen B-Moll-Sonate von Chopin hat etwas davon – es ist einem dabei, als würden feine, feine bloßliegende Nerven streichelnd berührt. Prickelndes Wehgefühl, leiser süßer Schmerz – aber ein Takt zuviel, und man fällt in alle Folter einer verzweifelten, raffinierten Traurigkeit, die bis zum heftigen körperlichen Schmerz zu steigen vermag.

Elisabeth – . . .

Ziehen wir das Fazit! Mir bleibt bei leidlich jungen Jahren der noch respektabel konservierte Rest einer ehemals recht ansehnlichen Phantasie, eine gewisse, wenn schon etwas abgenützte Fähigkeit zum Genießen und Arrangieren schillernder Stimmungen, sowie ein kleinerer Fonds von »Seele«, der bei vorsichtigem Gebrauch eventuell noch eine und die andere Liebe leichteren Genres zu inszenieren und zu überdauern vermag. Rechnen wir dazu eine durch lange Gewohnheit erworbene Fertigkeit im Tragisch-Idealischen und in der souverän duldenden Pose, so muß ich mir selbst zu so schönen dichterischen Fähigkeiten gratulieren und habe keinen Grund, um meine Zukunft als Autor besorgt zu sein. Ich werde Niels Lyhne nicht ohne persönliche Note imitieren und die sublimsten Wiener in Ekstasen übertreffen. Das heißt auf deutsch: Pfui Teufel! Aber wozu habe ich Neudeutsch und Wienerisch gelernt?

Basel, 16. September 1900

Schon wieder genug und übersatt! Ich hatte mich auf meine Bücher gestürzt, die Pausen der *Vita nuova*-Lektüre mit E. T. A. Hoffmann und Heine gefüllt, in müden Stunden zwischen den preziösen George und den lyrischen Hofmannsthal ein Kapitel Jakob Böhme eingeflochten. Übrigens Respekt vor meinem Antiquar! Er hat mir den unvergleichlichen 1730er Böhme verschafft, *ed.* Ueberfeld, mit angefügten Kupfern. Wenn nur der »Gottselige Hocherleuchtete *Teutonicus Philosophus*« mit seiner ganzen *Theosophia revelata* etwas amüsanter wäre! Es sind Kapitel von besonderem Reiz vorhanden, aber man muß sparsam lesen, um der Sprache die fremde Tonart zu lassen. Den Spruch von der Galle, den ich heute bei ihm gelesen, will ich mir doch notieren: »Siehe, ein Mensch hat in sich eine Galle, das ist Gift, und kann ohne die Galle nicht leben, denn die Galle macht die siderischen Geister beweglich, freudenreich, triumphierend oder lachend, denn sie ist ein Quell der Freuden. So sie sich aber in einem Element entzündet, so verderbt sie den ganzen Menschen, denn der Zorn in den siderischen Geistern kommt von der Galle.« Und dann: »Eben einen solchen Quell hat auch die Freude, und auch aus derselben Substanz wie der Zorn. Das ist, wenn sich die Galle in der liebhabenden oder süßen Qualität entzündet, in dem, was dem Menschen lieb ist, so zittert der ganze Leib vor Freuden, in welchem manchmal die siderischen Geister auch angesteckt werden, wenn sich die Galle so sehr erhebt und in der süßen Qualität entzündet.«

Vor wenig mehr als zwanzig Jahren machte ich als kleiner, blonder Knabe den ersten Leseversuch. Mein Vater fand mich über ein Buch gebückt und nannte mir einige Lettern. Dann aber schloß er das Buch und erzählte mir nach seiner klugen, liebreichen Art von der großen Welt der Buchstaben und Bücher, die sich mir mit dem Abc erschließen würde und zu deren Kenntnis das längste Leben des fleißigsten Lesers nicht zum tausendsten Teil genüge. Er selber war damals schon über Büchern fast grau geworden und trug die Werte unzähliger Bände hinter seiner hohen, scharfen, allzu oft schmerzenden Stirn gespeichert. Zwanzig Jahre! Ich habe seither ein tüchtiges Stück dieser Buchstabenwelt umgeackert und manchen fast verschollenen Schmöker hervorgekramt und umgeblättert. Und jetzt – die wenigen überragenden Worte, die noch Gewalt über mich haben, würden keine zehn Bände füllen. Es gibt noch eine Zahl von seltenen alten Schriften, nach denen ich Verlangen habe und deren jede mich, wenn sie in meine Hände fällt, neugierig zu machen und zu erregen vermag – und dann ist es wie mit dem gefangenen Schmetterling: die Lust ist gebüßt, das seltene Exemplar hat einen Augenblick den erfreuenden Glanz gehabt, und übrig bleibt – ein Büchertitel und eine Lücke im Register der noch zu erhoffenden Befriedigungen.

Basel, ohne Datum

Ich wartete gestern abend am Kasino, um das Publikum aus dem Konzertsaal kommen zu sehen. Es war kalt und regnete. Dann quoll die Menschenmenge heraus. Und auf der Treppe von den Balkonsitzen tauchte plötzlich zwischen bekannten Gesichtern das Gesicht Elisabeths hervor. Sie stieg langsam herab und verschwand mit ihren Begleitern in der Menge. Diese Minute, in welcher die ganze schöne Gestalt auf der beleuchteten Treppe warm und fröhlich heraustrat, gab mir eine eigentümliche Stimmung. Ganz wie in schönen antiquierten Romanen war ich der traurige Liebhaber, der vor erleuchtetem Festsaal in der Regennacht steht und seine Dame geschmückt und scherzend mit begünstigten Begleitern vorüberschreiten sieht. Sein Hut ist tief in die schmerzende Stirn gedrückt, sein grauer Mantel flattert im Wind. Sein Auge blickt Verachtung, aber auf den schmerzlich verzogenen Lippen liegt Liebesweh und zehrende Trauer. Er wendet sich ab, lüftet den Hut, streicht mit der heißen Hand über die heiße Stirn und das regennasse Haar und verschwindet in den Nebeln der unwirtlichen Regennacht.

Und zwar zu Frau Buser in die »Fischerstube«. Diese brachte mir in zahlreichen Bechern die »süße Qualität« herbei, nachdem die Reaktion der Galle auf die »liebhabende Qualität« den guten Böhme Lügen gestraft hatte. Ich hatte dort ein langes Gespräch mit Hesse, der mich natürlich wieder nörgelte und zwickte, bis ich grob wurde. Dann war er zufrieden, ich auch, und am Ende führte mich der gute durch alle Fährlichkeiten wankender Häuserreihen und walzertanzender Gaslaternen meinen Penaten zu.

Basel, ohne Datum

Wenn sich mein Jugendfreund Elenderle nicht in jener ärgerlichen Nacht im Tübinger »Walfisch« erschossen hätte, würde ich ihn zur Aufnahme in unsern famosen Klub vorschlagen. Wir haben nämlich zu dreien einen »Klub der Entgleisten« gegründet. Drei Mitglieder ist wenig, aber die Stadt Basel vermag in dieser Branche nicht mehr.

Basel, ohne Datum

Hesse will mir einen Artikel über Tieck abjagen, den er doch besser kennen müßte als ich. Dabei fiel mir plötzlich die fabelhafte Ähnlichkeit auf, die zwischen jenem Märchendichter und mir besteht. Bei uns beiden dieselben sensibeln Nerven, derselbe Mangel an Plastik, derselbe Zug zum Flüchtigsten, Oberflächlichsten, zum Schillernden, Flackernden und Unfesten, dieselbe launenhaft bewegte Phantasie, dieselbe Verwandtschaft mit der Musik, dieselbe Tendenz zur Auflösung der Prinzipien, zur künstlerischen Ironie.

Basel, ohne Datum

Ah! ce n'est point gai tous les jours, la bohème!

Basel, ohne Datum

Das Weintrinken wird auch nicht lange vorhalten. Ich sitze zuweilen in der Wolfsschlucht, trinke Hallauer und blättere in Böhmes »Weg zu Christo«, wobei mir zuweilen die eigentliche Ruchlosigkeit dieser Lektüre für Augenblicke einen leisen Reiz gewährt. »Ich will dich aber gewarnet haben«, sagt der Theosophus, »ist dir's nicht ein Ernst, so laß die teuern Namen Gottes, daß sie dir nicht den Zorn Gottes in deiner Seele entzünden.« Und später: »Bist du nicht in ernstem Vorsatze, auf dem Wege zur neuen Wiedergeburt, so laß die obgeschriebenen Worte im Gebete ungenannt, oder sie werden dir in dir zum Gerichte Gottes werden.«

Der fromme Weise hat recht. Seine Worte machen mich unheiligen Leser traurig und »wirken Verzweiflung«, denn jedes von ihnen besitzt jene Kraft und ewige Jugend der Begeisterung und des Glaubens, deren Anblick mich mit Neid und Heimweh erfüllt.

Basel, ohne Datum

Ich will verreisen. Mir träumte diese Nacht von meiner Jugend, als wohne sie irgendwo verzaubert in einem fernen Lande zwischen grünen Bergen. Auch war mir, als spielte eine schöne, wohlbekannte Frau auf dem Veilchenstraußflügel die Nokturne in Es-Dur von Chopin, jenes Lied, das nur Heimweh- und Flügelkranke ganz verstehen, mit seinen zarten, durch ein geheimes Leiden vergeistigten Takten. Ich holte meine vergessene und verstaubte Geige hervor und rief die zärtlich scheue Melodie mit leisem Striche wach, und aus dem alten, braunen Instrument sang meine verlorene Jugend in heimlichen Untertönen mit.

LETZTE GEDICHTE

(Sommer und Herbst 1900)

DER SCHWARZE RITTER

Ich reite stumm aus dem Turnier,
Ich trage aller Siege Namen,
Ich neige mich vor dem Balkon der Damen
Tief. Aber keine winkt nach mir.

Ich singe zu der Harfe Ton,
Aus der die tiefen Laute steigen.

Alle Harfner lauschen und schweigen,
Aber die holden Frauen sind entflohn.

In meines Wappens schwarzem Feld
Sind hundert Kränze aufgehangen,
Die gold von hundert Siegen prangen.
Aber der Kranz der Liebe fehlt.

An meinem Sarge werden sich bücken
Ritter und Sänger und werden ihn
Mit Lorbeer bedecken und bleichem Jasmin,
Aber keine Rose wird ihn schmücken.

MEINER LIEBE

I

An meine Schulter lehne
Dein schweres Haupt und schweige
Und koste jeder Träne
Wehsüße, lasse Neige.

Es werden Tage kommen,
Da du nach diesen Tränen
Verdürstend und beklommen
Dich wirst vergebens sehnen.

Leg mir aufs Haar
Die Hand; schwer ist mein Haupt.
Was meine Jugend war,
Hast du geraubt.

Unwiederbringlich ist dahin
Der Jugend Glanz, der Freude Born,
Der mir so unerschöpflich golden schien,
Und überblieben Weh und Zorn.

Und Nächte, Nächte ohne End',
In denen wild und fieberheiß
Der alten Liebeslüste Kreis
Mein waches Träumen wund durchrennt.

Nur noch in Stunden seltner Rast
Tritt manchmal meine Jugend her
Zu mir, ein scheuer, blasser Gast,
Und stöhnt, und macht das Herz mir schwer . . .

Leg mir aufs Haar
Die Hand. Schwer ist mein Haupt.
Was meine Jugend war,
Hast du geraubt.

DENNOCH

Dennoch von meiner Jugend Stunden
Genoß ich jede. Soll ich klagen,
Daß die gehegte Brust nur Wunden
Und Bitternis und Weh getragen?

Wenn sie noch einmal wiederkäme
Und trüge alle holden Züge
Von ehmals – fänd' ich mein Genüge,
Wenn sie ein andres Ende nähme?

PHILOSOPHIE

Vom Unbewußten zum Bewußten,
Von da zurück durch viele Pfade
Zu dem, was unbewußt wir wußten,
Von dort verstoßen ohne Gnade
Zum Zweifel, zur Philosophie,
Erreichen wir die ersten Grade
Der Ironie.

Sodann durch emsige Betrachtung,
Durch scharfe Spiegel mannigfalt
Nimmt uns zu frierender Umnachtung
In grausam eiserne Gewalt
Die kühle Kluft der Weltverachtung.
Die aber lenkt uns klug zurück
Durch der Erkenntnis schmalen Spalt
Zum bittersüßen Greisenglück
Der Selbstverachtung.

MARIENLIED

Ohne Schmuck und Perlenglanz
Laß mich auf die Stufen legen,
Stumm erflehend deinen Segen,
Meiner Jugend welken Kranz.

Kämpfe, Fahrten, Wunden viel,
Ungenossene herbe Siege
Ruhmlos durchgekämpfter Kriege
Finden müde nun ihr Ziel.

Lüste bunt und freudefarb
Senken müdgewordene Hände,
Ihr Gelächter ist zu Ende,
Ihre rote Flamme starb.

Sterbend, blaß und fieberwund
Wollen sie, der Welt vergessen,
Müd auf harte Stufen pressen
Den verblühten Liebesmund.

DAS IST MEIN LEID

Das ist mein Leid, daß ich in allzuvielen
Bemalten Masken allzu gut zu spielen
Und mich und andre allzu gut
Zu täuschen lernte. Keine leise Regung
Zuckt in mir auf und keines Lieds Bewegung,
In der nicht Spiel und Absicht ruht.

Das muß ich meinen Jammer nennen:
Mich selber so ins Innerste zu kennen,
Vorwissend jedes Pulses Schlag,
Daß keines Traumes unbewußte Mahnung
Und keiner Lust und keines Leides Ahnung
Mir mehr die Seele rühren mag.

SPIELMANN

Frühlinge und Sommer steigen
Grün herauf und singen Lieder,
Schmücken bunt die Welt und neigen
Müde sich zur Erde wieder.

Träumend aus dem Kranz der Tage
Grüßen flüchtig helle Stunden
Mir herauf wie schöne Sage,
Lächeln, leuchten, sind verschwunden.

Schauernd in der Tage Wende,
Mag auch Gold und Liebe winken,
Lassen traurig meine Hände
Die geschmückte Leier sinken.

ITALIENISCHE NACHT

Ich liebe solche bunt beglänzte Nächte
Im Flackerlicht der Lampen, und ich flechte
Gern meiner Lieder fiebernd Rot darein.
Sieh, Liebste, wie sich dort die Jugend drängt
Im späten Tanz, und wie für uns allein
Der Sichelmond im Rauch der Fackeln hängt.

In solchen Nächten lauscht mein zitternd Herz
Mit Qual und Lust heimat- und jugendwärts,
Und schlägt im Takt verliebter Melodien.
Mein Auge aber schaut den fremden Mond
Im Silberkahn auf sichern Wegen ziehen
Und ist wie er der Einsamkeit gewohnt.

Sieh, meine Jugend war ein farbig Spiel,
Ein Tanz im Fieber, wild und ohne Ziel
Und schwand verknisternd wie ein Meteor.
Dann kreuzt' ich unstet durch die Welt und fand
Dem Haupt kein Lager, meinem Lied kein Ohr,
Und nur im Traum ein blasses Heimwehland.

Schau dort! Die heiße Menge wogt im Tanz
Und glüht vor Lust und wirft den Loderkranz
Der kurzen Freude jauchzend in die Lüfte.
Ist's doch, als spielte meine Jugend dort
Im süßen Rausch fremdländisch heißer Düfte
Das alte Spiel in neuen Tänzen fort.

Das alte Spiel! Nur daß ich jetzt abseits
Zuschauend lehne und den süßen Reiz
Des Taumeltranks auf kühler Lippe wäge,
Und daß mein Geist gleichgültig Umschau hält
Und meines Herzens heimwehrasche Schläge
Lächelnd wie Takte eines Liedes zählt.

MARIENLIED

Deinem Blick darf meiner nicht begegnen,
Meine Seele, die so viel gelitten,
Darf gebeugt nicht mehr die deine bitten:
Wolle die verlorene Schwester segnen!

Leise nur im allertiefsten Innern
Will sie der gewesenen Schwesterzeiten,
Der in Schmach verspielten Seligkeiten
Schweigend und mit Schmerzen sich erinnern.

Böhmer in seinem Montagnola-Atelier,
Federzeichnung, 1933

NACHWORT

Jeder Hesse-Leser kennt, keiner vergißt den Blitzstrahl, das jähe Betroffensein, die plötzliche Gewißheit: dieser Dichter schreibt für mich, an mich. Viele antworteten ihm brieflich – auch ich, als junger Maler, 1932. Die nachhaltigen Folgen für meine Arbeit und mein Leben sind es jedoch nur indirekt, die diese zögernden Zeilen andeuten möchten. Es ist eher der Versuch, die Aufgaben stellvertretend zu beleuchten, die sich durch diese Konstellation auch und nicht nur für mich ergaben.

Getrieben von künstlerischen Fragestellungen ahnte ich fasziniert, daß Hesses »persönliches Ansprechen«, seine Teilnahmeintensität überhaupt, einen Gegenpol profilierte, daß er mit dem ethischen gleichzeitig ein künstlerisches Kriterium erfüllte, durch seinen Formwillen, seine Gestaltungskraft, seine Intuition: Kunst – jenseits betonter Artistik – im scheinbar Kunstlosen, Selbstverständlichen zu verstecken und gerade dadurch zur reinen Wirkung zu bringen. Heute, da wir bis zum »Glasperlenspiel« den weiten Bogen überblicken, erkennen wir dessen

Spannung schon in den Anfängen: in den »Romantischen Liedern«, in »Eine Stunde hinter Mitternacht«, im »Lauscher«, den Hesse selbst höher einschätzte als den späteren »Camenzind«.

Der vorliegende Neudruck entspricht der dritten Ausgabe, die 1933 erstmals mit meinen Zeichnungen erschien und außer dem »Vorwort zur ersten Ausgabe« (1900) ein Geleitwort enthielt, das eine Veränderung und Verkürzung der »Vorrede« zur zweiten Ausgabe (1907) aufweist. Sie lautete:

»Auf den Wunsch einiger Freunde, namentlich aber auf die Aufforderung Wilhelm Schäfers hin, soll der verstorbene Hermann Lauscher wieder ausgegraben und noch einmal unter die Leute geschickt werden. Da bin ich denn eine Erklärung und Rechenschaft schuldig, zumindest eine bibliographische.

›Hinterlassene Schriften und Gedichte von Hermann Lauscher‹ war der Titel einer kleinen Schrift, die ich Ende 1900 in Basel erscheinen ließ und in der ich pseudonym über meine damals zu einer Krise gediehenen Jünglingsträume abrechnete. Ich dachte damals, mit dem von mir erfundenen und totgesagten Lauscher meine eigenen Träume, soweit sie mir abgetan schienen, einzusargen und zu begraben. Das Büchlein erschien, in kleinster Auflage, beinahe mit Ausschluß der Öffentlichkeit, und ist kaum über meinen Freundeskreis hinaus bekannt geworden. Wenige andere griffen, da sie meine späteren Bücher kannten, nachträglich zu dem Schriftchen und sahen darin eine Art von literarischem Kuriosum.

Der Gedanke eines Neudrucks ist mir nie gekommen, bis in der letzten Zeit Freunde ihn lebhaft aussprachen und schließlich Wilhelm Schäfers Vorschlag kam. Da ich keinen Grund sehe, ein Stück meines Jugendlebens wegzuleugnen, und da ich stilistisch den Lauscher noch heute zu verantworten bereit bin, gab ich nach.

Nun war die Frage, in welcher Form die Jugendsünde wieder aufleben sollte. Ich dachte an eine Überarbeitung, sah aber sofort, daß die Gedanken und Stimmungen eines Zwanzigjährigen nicht nach zehn Jahren von ihm selber neu redigiert werden können, da ihr einziger, relativer Wert im Ausdruck, im Rhythmus, in der Gebärde liegt. Und Einzelnes zu streichen oder zu beschönigen, schien mir wieder unerlaubt.

Der Text blieb also, auch wo er mir heute fremd, ja zuwider ist, wörtlich derselbe. Dagegen schien mir eine Rundung des fragmentarischen und allzu umfanglosen Büchleins wünschenswert. Etwas Neues hinzuzufügen hätte keinen Sinn gehabt und dem Ganzen geschadet. Doch besaß ich noch zwei kleine Dichtungen (›Lulu‹ und ›Schlaflose Nächte‹) aus jener Zeit. Die erste ist bisher nur in einer schweizerischen Zeitschrift, die zweite überhaupt nicht veröffentlicht worden. Beide stehen zum ›Lauscher‹ in engster Beziehung und sind in der selben Zeit wie er entstanden. Diese beiden Stücke fügte ich ein.

Und nun liegt das Ganze da und schaut mich nicht eben glücklich an: Dokumente einer schönen und innigen, doch nicht leichten Jugendzeit. Was ich damals wollte, habe ich nicht erreicht; was ich seither erreichte, kam beinahe ungewollt und wiegt mir nicht schwer. Dagegen finde ich jetzt betroffen und erstaunt in diesen frühen Dichterversuchen Töne klingen und Wege angedeutet, die mich heute wieder frisch und ernsthaft anmuten und von denen ich nicht weiß, wie sie mir jahrelang fremd werden und beinahe verloren gehen konnten. Da ist Vieles, was meine seitherigen Wege mir selbst zweifelhaft macht und mich zu bitteren Erkenntnissen nötigt.

Aber bittere Erkenntnisse sind besser als keine, und wer einmal den gefährlichen Pfad der Selbstbeobachtung und der Bekenntnisse betreten hat, der muß billig die Folgen tragen, auch wenn es unerwartete und peinliche sind.

Daß nun manche kommen werden, die mir Sünden von damals vorhalten, als wären es heutige, und daß andere finden werden, ich hätte besser getan, Neues zu arbeiten statt Jugendversuche wieder auszugraben, das ficht mich nicht an. Diese wissen und fühlen nicht, wie peinlich mir diese Neuherausgabe wurde, und begreifen auch nicht, daß ich sie eben darum doch ausführte und damit mein Gewissen erleichtert habe. Im übrigen soll der Lauscher, der jetzige wie der alte, eben nichts als ein Bekenntnisbuch für mich und meine Freunde sein.«

(Dezember 1907)

Wer wird nach diesen Worten nicht ausrufen – sei er nun Dichter oder nicht –: das gilt genauso für mich und meine Jugendtaten! Erst recht wird es einer aber tun, wenn er Maler, Zeichner, Illustrator ist, ohne dabei in ein anmaßendes Vergleichen oder absurdes Identifizieren zu verfallen. Es sind die Fragen an Hesse, die dabei wohl immer neu entstehen, es sind seine Antworten, die meine Anmerkungen zu rekapitulieren versuchen, mit dem – mir freilich unerreichbaren – Ziel, eine persönlich-private Fügung transparent werden zu lassen für das, was in gleicher oder ähnlicher Weise auch andere Hesse-Leser treffen und betreffen konnte.

Der Ausgangspunkt ist das heillose Jahr 1933. Hesse arbeitete bereits am »Glasperlenspiel«, seine damaligen Buchveröffentlichungen bestanden in Sammlungen früherer Prosastücke, 1933 war der Erzählband »Kleine Welt« erschienen, die »Gedenkblätter« folgten bald danach. Seine offizielle Beleuchtung war schon zwielichtig, zukünftige Perspektiven völlig verdunkelt. Eine Neuausgabe des »Lauscher« dokumentierte also ein bewußtes, ja trotziges Bewahren und Abwarten. Warum nun gerade dazu und damals Illustrationen? Die Beantwortung dieser zweifellos sekundären Frage kann nur dann relativ sinnvoll und berechtigt sein, wenn sich der Bericht auch ohne die unfehlbare Eitelkeit überbetonter Bescheidenheit um Genauigkeit bemüht.

Ich hatte 1933 mein Akademiestudium in Berlin abgeschlossen, erste Schüsse hatten Fenster zerschlagen neben meiner Malstudentenbude, in der so mancher illustrierte Brief nach Montagnola, das scheinbar irdische Paradies geschrieben wurde, bis von dorther der Vorschlag eintraf, in diese »sagenhaften Gegenden« aufzubrechen. Anfang Mai 1933 zog ich in die Casa Camuzzi ein (und bin heute noch dort). Sind Zufälle blind gesehene Vorzeichen? Ich hatte den »Lauscher« im Koffer mitgebracht!

Ein Prolog-Bild: An einem lichtdurchfluteten, von tessiner Glockenspielen besprenkelten Pfingsttag wurde ich in Hesses »oberes Studio« gerufen, ein geheimnisumwittertes Versteck, Besuchern nur in seltensten Situationen zugänglich. Auch hier bildete, wie in seinem »Parterre-Atelier«, das Zentrum ein manuskripteübersäter Schreibtisch, eine bücherbeladene Couch daneben, Aschenbecher überall. Hier stand aber auch ein Glastürenschrank mit indischen Kostbarkeiten, hier standen offene Regale mit Erstausgaben von Romantikern und Klassikern, in Wandnischen eingebaute Tablare beherbergten sämtliche Hesse-Ausgaben und ein hohes, wackliges Sondergestell war nur mit H. H.-Zeitungsausschnitten für Briefbeilagen belegt, jedes Häuflein genau in der Mitte mit einem Stein beschwert. Weit geöffnet eine Fenstertür, die auf eine geräumige Terrasse führte, Hesses Sonnenbadrefugium mit einem überwältigenden Rundblick auf Berggipfel, Waldhänge und Seetal. Dort also zeigte er mir an jenem Festtag zuerst die neben einer Photographie von Emmy Ball-Hennings hängende Totenmaske von Hugo Ball, dann einige Landschaftsbilder von Othmar Schoeck, ein herrliches Moilliet-Aquarell – und unerwartet schnalzt er mit der Zunge und flüstert mir verschwörerisch zu: »Mein Verleger Fischer ist zu Besuch da, wir bringen den ›Lauscher‹ neu heraus, – wollen Sie dazu den Umschlag und vielleicht ein paar Zeichnungen machen?« Und schon sprang er, meinen Freudenschreck scheinbar ignorierend, vor mir her die Treppe hinab, höchst behende, sommerlich weiß gekleidet und braungebrannt. Im Garten lagen die Gäste auf Liegestühlen und Hesse verkündete ihnen, »hier kommt der neue Lauscher, genannt Gunter Böhmer, unser Briefmaler!« Daß mit letzterem etwa eine Prophetie, mit ersterem der Beginn lebenslanger Bemühungen benannt sein konnte, darüber nachzugrübeln hatte ich weder Lust noch Zeit, denn sogleich trat der Verlagsherr auf mich zu, erzählte, er habe vorhin bei Hesse meine illustrierten Briefe gesehen und jetzt den Wunsch, daß ich zum neuen »Lauscher« nicht nur Umschlag und Einband, sondern auch eine größere Folge von Zeichnungen ausführe. Seine Frage lautete: »Was sagen Sie dazu?« Ich sagte gar nichts dazu, brachte kein Wort heraus, stand sicherlich offenen Mundes da, rot und bleich werdend, und verbeugte mich schließlich verlegen und offenbar allzu »illustrativ«. Alle lachten, Hesse zuerst, zuletzt auch ich. In der allgemeinen Heiterkeit wurde ein Ausflug beschlossen, wir fuhren gegen Abend durch die damals an Festtagen noch stillen, verwunschen-leeren tessiner Dorfstraßen in ein fernes Grotto. Dort waren Pergola und Garten bewimpelt und mit Lampions geschmückt, ein elektrisches Klavier spornte die Tänzer an und Hesse war unversehens der Mittelpunkt einer begeistert einstimmenden ländlichen Gruppe: er sang, unwiderstehlich tremolierend, einen tessiner Schlager. Das schien einer einsam dasitzenden Dame sehr wenig zu gefallen. »Abbastanza triste«, antwortete sie auf meine Frage, ob sie traurig sei. Mich beruhigte das irgendwie, denn ich wollte zwar den »Lauscher« illustrieren, aber weder »Lauscher« sein noch werden . . .

Der Abend fand uns alle in einem Luganeser Grand-Hotel, der Verleger-Residenz, einer Villa zwischen riesigen Zedern nahe am See, aus dem der kühne Kegel des Salvatore aufragte, behangen mit der Lichterschlange seiner Drahtseilbahn. Es wurde unter Kronleuchtern getafelt und pokuliert, Hesse war jünger und »aufgeräumter« denn je, immer in charmant-ironische Wortspiele mit dem greisen S. Fischer verwickelt. Der kleine, alte Herr, ungekrönter damaliger Literatur-König, saß mir gegenüber, lächelte gütig-listig, schwerhörig und nur das verstehend, was ihm beliebte. Er wollte von dem neugebackenen Lauscher-Illustrator einige Daten erfahren und ich erzählte von meinem (damals wie heute) verehrten Akademie-

Gunter Böhmer, Portrait S. Fischer,
Federzeichnung, 1933

professor Hans Meid, dem derzeitigen »Star-Illustrator« des Verlags, erzählte, daß ich während seinen Akt-Korrekturen oft auch ihn selbst porträtiert hätte und mir gerade jetzt ein persönliches Anliegen Kopfzerbrechen bereite: Meids bevorstehender 50. Geburtstag. Daran hatte niemand gedacht, alle horchten auf, es wurde vereinbart, den Jubilar mit der Reproduktion eines meiner Meid-Porträts in der »S. Fischer-Korrespondenz« zu überraschen. Nun, es wurde nichts daraus, gänzlich andere Ereignisse begannen sich bald genug zu überstürzen. Aber Hesse kam auf meine Porträtiererei zurück, von der ich ihm aus Berlin und Dresden Proben geschickt hatte. Da sein Vorschlag, ich solle Romain Rolland bei dessen Lugano-Aufenthalt zeichnen, zu spät erfolgt war, so rief er jetzt halb im Scherz, halb dekretierend zu meiner Verblüffung: »Morgen muß Böhmer den Vater Fischer zeichnen!« So geschah es. Der grand old man »saß« mir am nächsten Vormittag in seinem Hotelzimmer. Ich brachte gleich meine erste Lauscher-Konzeption mit, die Entwürfe hatten sich in der dazwischenliegenden, fiebrigen Nacht scheinbar wie von selbst aufs Papier gespielt. Aber je mehr »illustrative« Märchen-Prophezeiungen die Verlegerfamilie darüber ergoß, um so weniger war die Katastrophe bei meinem ängstlichen Portraitversuch aufzuhalten, obgleich das Modell stundenlang unbeweglich im Sessel lehnte. Meine Verzweiflung wohl spürend, suchte mich der liebenswürdig-geduldige S. Fischer mit einigen Sarkasmen zu trösten, die ihm einst sein »anderer Porträtist« zugepfiffen hatte: Max Liebermann. (Etwa: »Ik hab Se ähnlicher jemacht als Se sind!«) Da bohrte ich nochmals drauflos, überarbeitete einige Blätter später »auswendig« und zaghaft genug. Diese und jene Fassung wurde verschenkt oder honoriert, die übriggebliebene ist hier abgebildet.

Gehört das alles in ein Lauscher-Nachwort? Ich mache mir Vorwürfe, streiche immerzu seitenlanges Geschreibe weg, könnte es zeichnend (vielleicht) knapper, deutlicher sagen. Und doch treibt mich eine Verpflichtung weiter, im Einklang mit Hesses steter Animation: Erinnerungen nicht »abstrakt« verklärend zu konservieren, sondern möglichst direkt zu vergegenwärtigen und nachvollziehbar werden zu lassen: hier also beim Sekundär-Thema eines illustrierten Hesse-Buches. So muß ich denn wagen, aus meinen Tagebüchern einige charakteristische Momente herauszulösen, die Hesses Haltung bei diesem peripheren Unternehmen andeuten.

Zwei Bilder vom Frühsommer 1933: Hesse steht neben mir an einem meiner ovalen Atelierfenster, unser Blick überfliegt das splittrige Wipfelgewoge des Klingsor-Gartens, schweift über den steil konturierten, heiter aufglänzenden See, keine Grenze beachtend bis hin zu den italienischen Bergzügen, über denen sich windzerflockte Wolken jagen. Wir schwiegen, ich war verzaubert. Doch wie ein Träumender, untergetaucht in beglükkende, befreiende Verlorenheiten, plötzlich ein beklemmendes Würgen in sich aufsteigen fühlt, und halberwachend unerklärliche Worte ruft, so hörte ich mich damals zu meinem eigenen Erschrecken unvermittelt fragen: »Kommt Krieg?« Mit unbenennbar hellem und strengem Klang, der die Kontraste unserer Jahre und Sensorien weglöschte und den ich so nie mehr von Hesse vernahm, entschied er, meine Frage überspringend: »Dann malen Sie *Ihre* Alexanderschlacht!« Altdorfers Vision schob sich in magischer Transparenz über die lodernde Helle unseres Ausblicks, ich sank in meinen Traum zurück.

Ein Leben lang habe ich, nur Ahnungen erreichend, an diesem Paradox gerätselt: es durfte nie wieder berührt werden, es war eher eine Intuition als eine Antwort, es blieb der vorweggenommene Auslöser von späteren inneren Aktivitäten – bejahenden, bestätigenden, auftrotzenden, trennenden, verwandelten. Das Grundmotto lautete ohne Zweifel, alle falschen Ambitionen ausschließend: bleibe in jeder Lebenslage bedingungslos deiner Aufgabe treu – als Künstler also der Kunst; weiter gefaßt: erkämpfe im Vordergründigen Hintergründiges, Not schafft Notwendigkeit. Kein »ja, aber«.

Unumgängliche Zwischenbemerkung: Hesse war, in jüngeren Jahren freilich mehr als in seiner Spätzeit, ein oft anspringender, florettfechtender, spielerisch provozierender, scherzend verwirrender Antworter, und manche Seifenblase ist von seinen Partnern nicht als flüchtiger Zauber hingenommen, sondern mit falschem Tiefsinn überladen und mißverstanden worden – wohl auch von mir.

Das andere Bild: Hesse klopft leise an meiner Camuzzihaus-Tür. Er springt die Stufen zum Atelier herein, steht sofort am Zeichentisch, sieht alles. Zu spät, ein Bündel Zeichnungen zu verstecken, das neben meinen Calwer Reise-Studien und ersten Tessin-Aquarellen lag. Ich überwand mich, zeigte alles. Er nimmt Blatt für Blatt nah ans Gesicht, starrt jedes mit scharfen, glitzernden Augen an, behält zwei keineswegs gefällige (hier abgebildete) Farbzeichnungen in der Hand und zischt – mich aus nahester Ferne hypnotisch durchleuchtend – nur zwei Worte: »verflucht lebendig«!

Das war der eigentliche Beginn einer lebenslangen Verbundenheit, eines zwiefachen, offenen, phrasenlosen Erkennens und Erkanntwerdens, das auch harte Prüfungen und Kämpfe auferlegte, die in freier Dankbarkeit bestanden werden mußten. Und das ist jener Lichtpunkt, meine ich, den direkt oder indirekt viele erlebt haben. Gewiß, das Signum war hier durch die Kunst bestimmt, aber Hesses Haltung und Intensität des Antwortens war ebenso persönlich gebunden wie gleichnishaft weit. Er erkannte die noch halbverdeckten und schon halb aufgebrochenen Möglichkeiten und Konflikte, Gefährdungen und Spannungen eines jungen Menschen, er urteilte und entschied nicht, erleichterte nicht, trieb nicht an – er bestätigte, nahm aktiv teil, hielt offen, »Dichtung« und »Leben« waren eins. Und der Beweis zeigte sich hierbei darin, daß er keineswegs kritisch erstaunt war über meine sich nun herausschälende, problemlos-friedliche illustrative Spiegelung der Lauscherwelt, die sich ja durchaus im Sinne der »verflucht lebendi-

Gunter Böhmer, »Zerstochener Kopf«,
farbige Zeichnung, 1933

gen« Ansätze hätte entwickeln und damit wohl dem Nerv des Buches intensiver nähern können.

Hierzu zwei Feststellungen: Hesses Ahnungsvermögen schien sofort verschiedene Wege meiner Arbeit zu unterscheiden: die Illustrationen, die »freien« Zeichnungen, die Malerei – das zeigt sich in dem Begleittext, den er zu der bald nach dem Lauscher erschienenen ersten Publikation meiner Ölbilder schrieb. Aber auch zur Frage der Illustration an sich hatte er eine bestimmte Einstellung, die in unseren nun beginnenden, jahrzehntelangen Diskussionen zur Sprache kam.

Einige Beispiele. Hesse konstatiert: welche »Stelle« illustriert werde, sei ihm gleichgültig, es käme auf die Gesamt-Atmosphäre an. Ich erkläre, das könne wohl nur aus der Einheit von Thema, Darstellung und den (mir damals noch nebelhaften) »Buchgesetzen« resultieren. H. H. lächelt und betont: für ihn sei die Hauptsache bei Illustrationen der Einfall, auch das Wort »Leichtigkeit« fällt. Meine Entgegnung: Einfälle hätte jede Jungfer, mir sei die gestaltete Form das Wichtigste, das geistige Thema Voraussetzung; der Instinkt sage, ob die zehnte, fünfzigste Fassung oder dann doch »der erste Einfall« treffe. In punkto »Leichtigkeit«: die angeborene sei mir verdächtig, die wiedererworbene Ziel. Hesse bejaht und vergleicht Illustrationen mit Gedicht-Kompositionen, das meiste sei überflüssig, Schubert- und Wolf-Lieder bestätigende Ausnahmen. – Später einmal fragt er mich: warum sind Sie heute so radikal gegen Ihre frühen Illustrationen? Die waren ohne die »Maler-Verächtlichkeit« gegen das »Literarische«, waren »biographisch« (– ja, keiner fand je meine Anspielungen so genau heraus wie H. H.). Diese Dinge brauchen wir, sie sind notwendig – womit er, verärgert über mein Kopfschütteln, das Gegenteil sagen wollte: das rücksichtsvoll-einfühlende, illustrative Reduzieren führe zu Belanglosigkeiten, das Bildnerisch-Komprimierte zu anspruchsvollen Sprengungen. Ich bleibe skeptisch, und plötzlich fegt er alle seine und meine gereizten Vorbehalte entwaffnend-spitzbübisch weg

Gunter Böhmer, »Tagebuchblatt«,
Aquarell, 1933

mit der widersprüchlichen Beschwörung: »Wenn einer mal den Knulp so zeichnen würde, wie er wirklich war!« ...

Trotz all diesen vorauseilend aufgeworfenen Fragestellungen: jetzt ging es um den Lauscher, wobei nicht die haarsträubende Einfalt meiner »Realisation« Hesses Verwunderung erregte, sondern die Orgie der Vorarbeiten, Problemstellungen, Philosophismen, in die ich mich nach den – für ihn – scheinbar bereits »fertigen« Anfangsnotizen nochmals stürzte. Die technischen Dinge waren das wenigste, aber auch das alles begleitete er wißbegierig. Ich hatte noch nie eine Zeichnung für die Reproduktion, geschweige denn für ein gesamtes illustriertes Buch entworfen, auch auf der Akademie ausgerechnet als Meid-Schüler nicht. Meid ließ mich deshalb auch später sein, in lobende Glückwünsche verpacktes, Erstaunen wissen, genauso übrigens, wie ich mich als sein Stuttgarter Nachfolger viel später selbst manchen meiner erfolgreichen Studenten gegenüber erleichtern mußte.

Der Verlagshersteller war es, der mir berechtigte Hinweise und lebenslange Ängste verabfolgte: meine Federzeichnungen hatten für die (einfachste, billigste) Reproduktion in »Strichätzung« scharf und pechschwarz zu sein, ohne »Halbtöne« aufzuweisen; außerdem sollten sie nicht über den Satzspiegel hinausgehen (was ich ohne Revolutionsgelüste ignorierte) und möglichst in Originalgröße ausgeführt werden. Also begann ich mit spitzester Zeichenfeder und schwärzester Tusche – die sich in der, durch meine neun vorhanglosen Fenster hereinflutenden tessiner Sonnenglut zähflüssig verdickte – meinen ansonsten bereits freiheitsuchenden, handschriftlichen »Strich« zu zügeln. Auf jedem Punkt und Strich nun das zukünftige »Auge sämtlicher Leser« zu wissen, vergaß ich schnell, bemerkte aber vor allem nicht, in welch gleichermaßen gehemmtes wie hemmungsloses Gestrichel und Gepünktel ich verfiel und damit nur ein scheinbar »atmosphärisches« Ungefähr zuwege brachte, statt der erstrebten Formintensitäten. Das Erzübel entstand dadurch, daß ich die zu dick geratenen Striche mittels Lupe und gewetztem Messer wieder »schärfte« und mir damit – übrigens jahrzehntelang – nicht nur fast alle meine Illustrationen für Strichätzungsreproduktionen verhunzte, ihnen den Atem nahm, sondern mir gleichzeitig gründlich die Augen verdarb. Dadurch erweiterte sich andererseits geheimnisvollerweise eine neue eigentümliche, beinahe groteske Art von Schicksalsverbundenheit mit Hesse: sehr bald konnten wir nämlich auch gemeinsam über die sattsam bekannten, schauderhaften, wahrhaftig nicht zu bespöttelnden und durchaus nicht vergleichbaren Augenschmerzen klagen, bis uns auch noch der gleiche Augenarzt, zu dem mich Hesse nach Bad Eilsen schickte, »verband«. Nun, als dann später die fürchterlich »verdickten« Andrucke der Illustrationen eintrafen und mich niederschmetterten, weil zu allem Unglück ein für das »Buchvolumen« scheinbar notwendiges, auftragendes, filziges, also in der Maschine staubendes Papier verwendet worden war, was alle Strichzartheiten noch mehr verpatzte – da spendete mir Hesse den arglosen Trost, ich solle das eben nicht mit den Diamantstrichen meiner Radierungen vergleichen . . .

Am meisten aber staune ich heute noch über seine beschwingende Toleranz, mit der er meine verwunderlich harmlosen »illustrativen Umdeutungen« nicht nur duldete, sondern kollegial-erheitert mitspielte. Da ich überdies glaubte, die Verantwortlichkeit meiner Illustrationen müsse auf nachweisbaren Naturstudien beruhen – eine fragmentarische Grundeinsicht gewiß, der noch das Unterscheidenkönnen zwischen Genauigkeit, Richtigkeit und Wahrheit mangelte –, so ließ ich mir aus Berlin und Dresden alte Skizzenbücher schicken. Und Hesse frohlockte, als er sah, wie ich für den Umschlag einen an der Elbe bei Dresden naturgetreu gezeichneten Steg – wenn auch in gewisser Verwandlung – übernahm, für die Titelvignette drei in Prag gekritzelte Bäumchen verwendete, über »Meine Kindheit« nicht sein, sondern mein Dresdner Elternhaus setzte, von dem aus auch der Baum des »Schwarzen Ritters« skizziert worden war. Ihn amüsierte, daß ich eines meiner runden Camuzzihausfenster mit meinem heimatlichen Ausblick kombinierte und seinen Vater kurzerhand und »phantasievoll« mit meiner Mutter illustrativ verheiratete, von den selbstporträthaften Anspielungen ganz abgesehen. Er wollte alles sehen und erfahren, vergaß nichts und setzte spätere Betrachter damit in Erstaunen, daß er wisse, die Straße auf Seite 79 sei in Dresden-Hellerau, das Fenster der »Schlaflosen Nächte« gehöre zu einem Tiroler Bauernhaus, die »Tagebuch«-Ecke sei Böhmers früheres Dresdner Zimmer, das darin sichtbare, von einer »Gertrud«-Leserin mit H. H. bestickte Kissen aber sei in seinem Besitz. Am meisten belustigte ihn das Wiedererkennen des japanischen Lampions, den er stets in meiner montagnolesischen Küche bewunderte, und das legendäre »Schwanenkopfsofa« der Lauschergesellschaft (S. 67). Dieses Möbel hatte einst in Hesses Camuzziwohnung gestanden, jetzt war mein Atelier damit geadelt, und fast jedesmal ließ er sich, kaum war er gekommen, zuerst in die bekannte, sprungfederquietschende Ecke sinken, um dort eine komödiantische Photographierpose einzunehmen – mit besonderem Grund. Er hatte mir zu meinem Einzug eine kleine Farbreproduktion eines seiner Aquarelle geschenkt und ich hatte im roten Turmgelaß einen wuchtigen schwarzen Rahmen von ungeheuerlichen Dimensionen aufgestöbert, das Blättchen hineinmanövriert und das gigantische, außergewöhnlich disproportionierte Ausstellungsstück mit einer Art Bergsteigerseil an einem makabren Metzgerhaken befestigt, der sich genau über dieser Sitzecke aus der Wand streckte: stetiger Anlaß zu Hesses schallendem Gelächter.

Ich breche ab und gestehe erneut: all diese Nebensächlichkeiten beanspruchen ebenso wenig Wichtigkeit wie die Illustrationen und wurden mit keiner anderen Absicht erwähnt als der, Hesses vollkommen denkmalsferne Einheit von Person und Werk auch an diesem Beispiel zu »illustrieren«. Wissende Leser werden auch darin seine Polaritäten von Spiel und Wille, Bekenntnis und Hinweis wiederfinden, das Widerspiel zwischen Dichter und Maler ist eine Variante. Junge Leser seiner Bücher werden die bejahende Strahlung, seine Aktivierung jedes eindringlich aufrichtigen Beginnens, des ihren wie des meinen, erkennen. Auch auf ihrem Tisch würde Hesse ein Buch erspähen, wie es einmal aufgeschlagen zwischen Zeichenblättern auf dem meinen lag. Er nahm es und las mir und sich daraus vor: »Mensch, werde wesentlich: denn wann die Welt vergeht, so fällt der Zufall weg, das Wesen, das besteht.« Hesse und Angelus Silesius wurden zu Namen im Wind ...

Jener Lauscher-Sommer war dahingeflogen, ich erschien bei Hesse mit einem leicht vergrößerten Normalbriefumschlag, in dem alle fertigen Lauscherzeichnungen bequem Platz hatten, für die er sogleich auf seinem langen, »chaotisch-geordneten« Arbeitstisch im »Atelier« eine Freizone schuf. Er setzte sich mit ungewohnter, nicht ganz eindeutiger Akkuratesse davor hin, und ich hatte viel Zeit, seine aufmerksam gesammelte Gestalt vor dem Riesenfenster mit der spätsommerlichen Feigenbaumkulisse in mich hineinzuschreiben. Doch plötzlich sprang er auf, war so jung wie ich, und verkündete glückwünschend, strahlend-spontan seinen Entschluß: »Heute feiern wir Böhmers Geburtstag!« Dabei nahm er eines seiner frühen, »kubischen«, oval goldgerahmten Tessin-Aquarelle von der Wand und schenkte es mir mit der selbstbejahten Frage: »Sie bleiben doch bei uns!«

Spät noch saßen wir auf der Terrasse, Mondschein blitzte in den Gläsern, ich mußte einen Schallplattenwunsch nennen, über die nachtschattigen Gartenhänge wehten Ahnungen hin: Schuberts Unvollendete.

Mein Skizzenbuch vom Spätherbst 1933 meldet: »In der Gendarmeria di Montagnola Kurtaxe bezahlt, 8 Franken. Lauscherzeit beendet.«

Montagnola, im April 1976. *Gunter Böhmer*

INHALT

Romane, Erzählungen, Prosa

Apuleius. Der goldene Esel
Mit Illustrationen von Max Klinger zu »Amor und Psyche«. Aus dem Lateinischen von August Rode. Mit einem Nachwort von Wilhelm Haupt. it 146.

Honoré de Balzac. Die Frau von dreißig Jahren
Deutsch von W. Blochwitz. it 460
– Beamte, Schulden, Elegantes Leben
Eine Auswahl aus den journalistischen Arbeiten. Mit einem Nachwort herausgegeben von Wolfgang Drost und Karl Riha. Mit zeitgenössischen Karikaturen. it 346
– Das Mädchen mit den Goldaugen
Aus dem Französischen von Ernst Hardt. Vorwort Hugo von Hofmannsthal. Illustrationen Marcus Behmer. it 60

Joseph Bédier. Der Roman von Tristan und Isolde
Deutsch von Rudolf G. Binding. Mit Holzschnitten von 1484. it 387

Harriet Beecher-Stowe. Onkel Toms Hütte
In der Bearbeitung einer alten Übersetzung herausgegeben und mit einem Nachwort versehen von Wieland Herzfelde. Mit 27 Holzschnitten von George Cruikshank aus der englischen Ausgabe von 1852. it 272

Ambrose Bierce. Aus dem Wörterbuch des Teufels
Auswahl, Übersetzung und Nachwort von Dieter E. Zimmer. it 440
– Mein Lieblingsmord
Erzählungen. Aus dem Amerikanischen von G. Günther. it 39

Die Blümlein des heiligen Franziskus von Assisi
Aus dem Italienischen nach der Ausgabe der Tipografia Metastasio, Assisi 1901, von Rduolf G. Binding. Mit Initialen von Carl Weidemeyer. it 48

Giovanni di Boccaccio. Das Dekameron
Hundert Novellen. Ungekürzte Ausgabe. Aus dem Italienischen von Albert Wesselski und mit einer Einleitung versehen von André Jolles. Mit venezianischen Holzschnitten. Zwei Bände. it 7/8

Hermann Bote. Ein kurzweiliges Buch von Till Eulenspiegel aus dem Lande Braunschweig. Wie er sein Leben vollbracht hat. Sechsundneunzig seiner Geschichten.
Herausgegeben, in die Sprache unserer Zeit übertragen und mit Anmerkungen versehen von Siegfried H. Sichtermann. Mit zeitgenössischen Illustrationen. it 336

Romane, Erzählungen, Prosa

Emily Brontë. Die Sturmhöhe
Aus dem Englischen von Grete Rambach. it 141

Gottfried August Bürger. Wunderbare Reisen zu Wasser und zu Lande. Feldzüge und lustige Abenteuer des Freiherrn von Münchhausen. Mit Holzschnitten von Gustave Doré. it 207

Hans Carossa. Eine Kindheit und Verwandlungen einer Jugend
it 295/296

Lewis Carroll. Geschichten mit Knoten
Herausgegeben und übersetzt von W. E. Richartz. Mit Illustrationen von Arthur B. Frost. it 302

Miguel de Cervantes Saavedra. Der scharfsinnige Ritter Don Quixote von der Mancha
Mit einem Essay von Iwan Turgenjew und einem Nachwort von André Jolles. Mit Illustrationen von Gustave Doré. 3 Bände. it 109

Adelbert von Chamisso. Peter Schlemihls wundersame Geschichte
Nachwort von Thomas Mann. Illustriert von Emil Preetorius. it 27

James Fenimore Cooper. Die Lederstrumpferzählungen
In der Bearbeitung der Übersetzung von E. Kolb durch Rudolf Drescher. Mit Illustrationen von D. E. Darley. Vollständige Ausgabe. it 179 Der Wildtöter · it 180 Der letzte Mohikaner · it 181 Der Pfadfinder · it 182 Die Ansiedler · it 183 Die Prärie

Alphonse Daudet. Briefe aus meiner Mühle
Aus dem Französischen von Alice Seiffert. Mit Illustrationen. it 446
– Tartarin von Tarascon. Die wunderbaren Abenteuer des Tartarin von Tarascon.
Mit Zeichnungen von Emil Preetorius. it 84

Honoré Daumier. Robert-Macaire – Der unsterbliche Betrüger
Drei Physiologien. Aus dem Französischen von Mario Spiro. Herausgegeben und mit einem Nachwort versehen von Karl Riha. it 249

Romane, Erzählungen, Prosa

Daniel Defoe. Robinson Crusoe
Mit Illustrationen von Ludwig Richter. it 41

Charles Dickens. Lebensgeschichte und gesammelte Erfahrungen David Copperfields des Jüngeren. Zwei Bände.
Mit Illustrationen von Phiz. Nach der ersten Buchausgabe des Romans London 1850. it 468
– Oliver Twist
Aus dem Englischen von Reinhard Kilbel. Mit einem Nachwort von Rudolf Marx und 24 Illustrationen von George Cruikshank. Vollständige Ausgabe. it 242
– Weihnachtserzählungen
Mit Illustrationen. it 358

Denis Diderot. Die Nonne
Mit einem Nachwort von Robert Mauzi. Der Text dieser Ausgabe beruht auf der ersten deutschen Übersetzung von 1797. it 31

Annette von Droste-Hülshoff. Die Judenbuche. Ein Sittengemälde aus dem gebirgigen Westfalen. Mit Illustrationen von Max Unold. it 399

Alexandre Dumas. Der Graf von Monte Christo
Bearbeitung einer alten Übersetzung von Meinhard Hasenbein. Mit Illustrationen von Pavel Brom und Dagmar Bromova. Zwei Bände. it 266

Joseph Freiherr von Eichendorff. Aus dem Leben eines Taugenichts
Mit Illustrationen von Adolf Schrödter und einem Nachwort von Ansgar Hillach. it 202

Eisherz und Edeljaspis
Aus dem Chinesischen von Franz Kuhn. Mit Holzschnitten einer alten chinesischen Ausgabe. Mit einem Nachwort und Anmerkungen von Franz Kuhn. it 123

Paul Ernst. Der Mann mit dem tötenden Blick und andere frühe Erzählungen.
Herausgegeben von Wolfgang Promies. it 434

Romane, Erzählungen, Prosa

Gustave Flaubert. Bouvard und Pécuchet
Mit einem Vorwort von Victor Brombert und einem Nachwort von Uwe Japp. Mit Illustrationen von András Karakas. it 373
– Die Versuchung des heiligen Antonius
Aus dem Französischen übersetzt von Barbara und Robert Picht. Mit einem Nachwort von Michel Foucault. it 432
– Lehrjahre des Gefühls
Geschichte eines Jungen Mannes, übertragen von Paul Wiegler. Mit einem Essay »zum Verständnis des Werkes« und einer Bibliographie von Erich Köhler. it 276
– Madame Bovary
Revidierte Übersetzung aus dem Französischen von Arthur Schurig it 167
– Salammbô
Herausgegeben und mit einem Nachwort versehen von Monika Bosse und André Stoll. Mit Abbildungen. it 342
– Ein schlichtes Herz. it 110

Theodor Fontane. Effi Briest
Mit Lithographien von Max Liebermann. it 138
– Der Stechlin
Mit einem Nachwort von Walter Müller-Seidel. it 152
– Unwiederbringlich
Roman. it 286

Friedrich Gerstäcker. Die Flußpiraten des Mississippi
Roman. Mit einem Nachwort von Harald Eggebrecht. it 435

Johann Wolfgang Goethe. Wilhelm Meisters Lehrjahre
Herausgegeben von Erich Schmidt. Mit sechs Kupferstichen von F.L. Catel. Sieben Musikbeispiele und Anmerkungen. it 475
– Novellen
Herausgegeben und mit einem Nachwort versehen von Katharina Mommsen. Mit Federzeichnungen von Max Liebermann. it 425
– Reineke Fuchs
Mit Stahlstichen von Wilhelm von Kaulbach. it 125
– Die Wahlverwandtschaften
Mit einem Essay von Walter Benjamin. it 1
– Die Leiden des jungen Werther
Mit einem Essay von Georg Lukács »Die Leiden des jungen Werther«. Nachwort von Jörn Göres »Zweihundert Jahre Werther«. Mit Illustrationen von David Chodowiecki und anderen. it 25

Romane, Erzählungen, Prosa

Gogol. Der Mantel und andere Erzählungen
Aus dem Russischen übersetzt von Ruth Fritze-Hanschmann. Mit einem Nachwort von Eugen und Frank Häusler. Mit Illustrationen von András Karakas. it 241

Iwan Gontscharow. Oblomow it 472

Grimmelshausen. Trutz-Simplex oder Ausführliche und wunderseltzame Lebensbeschreibung der Erzbetrügerin und Landstörtzerin Courasche
Mit einem Nachwort von Wolfgang Koeppen. Mit Abbildungen aus dem 17. Jahrhundert. it 211

Nathaniel Hawthorne. Der scharlachrote Buchstabe
Mit Illustrationen von Renate Sendler-Peters. it 436

Johann Peter Hebel. Kalendergeschichten
Ausgewählt und mit einem Nachwort von Ernst Bloch
Mit neunzehn Holzschnitten von Ludwig Richter. it 17

Heinrich Heine. Aus den Memoiren des Herren von Schnabelewopski
Mit Illustrationen von Julius Pascin. it 189

– Shakespeares Mädchen und Frauen
Mit Illustrationen der Ausgabe von 1838. Herausgegeben von Volkmar Hansen. it 331

Hermann Hesse. Hermann Lauscher
Mit frühen, teils unveröffentlichten Zeichnungen und einem Nachwort von Guntor Böhmer. it 206
–/Walter Schmögner. Die Stadt
Ein Märchen von Hermann Hesse, ins Bild gebracht von Walter Schmögner. it 236
– Knulp
Mit dem unveröffentlichten Fragment »Knulps Ende« und Steinzeichnungen von Karl Walser. it 394

Hölderlin. Hyperion oder Der Eremit in Griechenland
Herausgegeben und mit einem Nachwort versehen von Jochen Schmidt. it 365

Romane, Erzählungen, Prosa

E.T.A. Hoffmann. Die Elixiere des Teufels
Mit Illustrationen von Hugo Steiner-Prag. it 304
– Lebensansichten des Katers Murr
nebst fragmentarischer Biographie des Kapellmeisters Johannes Kreisler in zufälligen Makulaturblättern. Mit Illustrationen von Maximilian Liebenwein. it 168
– Der Unheimliche Gast
und andere phantastische Erzählungen. Herausgegeben von Ralph-Rainer Wuthenow. Mit Illustrationen. it 245
– Das Fräulein Scuderi
Erzählung aus dem Zeitalter Ludwig des Vierzehnten. Mit Illustrationen von Lutz Siebert. it 410

Homer. Ilias
Neue Übertragung von Wolfgang Schadewaldt. it 153

Ricarda Huch. Der Dreißigjährige Krieg
Mit Illustrationen von Jacques Callot. it 22/23

Victor Hugo. Notre-Dame von Paris
Aus dem Französischen von Else von Schorn. Mit zeitgenössischen Illustrationen. it 298

Jens Peter Jacobsen. Niels Lyhne
Mit Illustrationen von Heinrich Vogeler. Nachwort von Fritz Paul. Aus dem Dänischen von Anke Mann. it 44
– Die Pest in Bergamo
und andere Novellen. Aus dem Dänischen von Mathilde Mann. Mit Illustrationen von Heinrich Vogeler. it 265

W. Jan. Dschingis Khan
Mit einem Nachwort und Erläuterungen. it 461
– Batu Khan. it 462
– Zum letzten Meer. it 463

Jean Paul. Der ewige Frühling
Ausgewählt von Carl Seelig. Mit Zeichnungen von Karl Walser und mit einem Vorwort von Hermann Hesse. it 262
– Des Luftschiffers Giannozzo Seebuch und Über die natürliche Magie der Einbildungskraft
Mit Illustrationen von Emil Preetorius und Aufsätzen zu Jean Pauls Werk von Ralph-Rainer Wuthenow. it 144

Romane, Erzählungen, Prosa

Marie Luise Kaschnitz. Eisbären
Erzählungen. it 4

Gottfried Keller. Der grüne Heinrich
Erste Fassung. Mit Zeichnungen Gottfried Kellers und seiner Freunde. Zwei Bände. it 335
– Züricher Novellen
Mit einem Nachwort von Werner Weber. it 201

Kin Ping Meh oder Die abenteuerliche Geschichte von Hsi Men und seinen sechs Frauen
Aus dem Chinesischen übertragen von Franz Kuhn. Mit Illustrationen einer alten Ausgabe. Zwei Bände. it 253

Heinrich von Kleist. Die Erzählungen
Mit einem Nachwort von Rolf Tiedemann. it 247
– Die Marquise von O
Mit Materialien und Bildern aus dem Film von Eric Rohmer und einem Aufsatz von Heinz Politzer. Herausgegeben von Werner Berthel it 299

Choderlos de Laclos. Schlimme Liebschaften
Ein Briefroman mit 14 zeitgenössischen Illustrationen. Übertragen und eingeleitet von Heinrich Mann. it 12

Charles und Mary Lamb. Shakespeare Novellen
Mit 21 Stichen einer Ausgabe von 1837. Auf Grund einer älteren Übersetzung bearbeitet von Elisabeth Schücking. it 268

Friedrich de la Motte-Fouqué. Undine
Herausgegeben von Ralph-Rainer Wuthenow. Mit den Rezensionen von Edgar Allan Poe. it 311

Lesage. Der hinkende Teufel
Mit Illustrationen von Tony Johannot und einem Nachwort von Karl Riha. it 337

Nikolai Leskow. Der Weg aus dem Dunkel
Erzählungen. Mit Illustrationen von Theodor Eberle und einer Einleitung von Rudolf Marx. it 422

Lichtenberg. Aphorismen
Herausgegeben mit einem Nachwort von Kurt Batt. it 165

Romane, Erzählungen, Prosa

Carl von Linné. Lappländische Reise
Mit Zeichnungen des Autors. Aus dem Schwedischen von H.C. Artmann. it 102

Jack London. Der Ruf der Wildnis und andere Erzählungen
Mit Illustrationen von Krista Slawik. it 352
– Die Goldschlucht
und andere Erzählungen. Mit zeitgenössischen Fotografien. it 407

Longus. Daphnis und Chloë
Ein antiker Liebesroman. Aus dem Griechischen übersetzt und mit einem Nachwort von Arno Mauersberger. Mit Illustrationen der »Edition du Régent«. it 136

Sir Thomas Malory. Die Geschichte von König Artus und den Rittern seiner Tafelrunde
Übertragen von Helmut Findeisen auf der Grundlage der Lachmannschen Übersetzung. Mit einem Nachwort von Walter Martin und Illustrationen von Aubrey Beardsley. Drei Bände in Kassette. it 239

Guy de Maupassant. Mont-Oriol
Roman. Deutsch von J. Halperin. Herausgegeben und mit einem Nachwort von D. Oehler. Mit den Bildern der Originalausgabe. it 473
– Bel-Ami
Aus dem Französischen von Josef Halperin. Mit zeitgenössischen Illustrationen. it 280
– Das Haus Tellier
und andere Erzählungen. Aus dem Französischen von Karl Friese und Helmut Bartuschek. Ausgewählt von W. Berthel. Mit zeitgenössischen Illustrationen. it 248
– Pariser Abenteuer
und andere Erzählungen. Ausgewählt von Werner Berthel. Mit zeitgenössischen Illustrationen. Aus dem Französischen von H. Bartuschek und K. Friese. it 106
– Unser einsames Herz. Roman
Herausgegeben und mit einem Nachwort versehen von Dolf Oehler. it 357

Wilhelm Meinhold. Maria Schweidler. Die Bernsteinhexe
Herausgegeben von Elisabeth Kidelon. it 329

Romane, Erzählungen, Prosa

Hermann Melville. Moby Dick
Aus dem Amerikanischen von Hans und Alice Seiffert. Mit einem Nachwort von Rudolf Sühnel. Zwei Bände. it 233

Prosper Mérimée. Carmen
Novelle. Mit Zeichnungen von Pablo Picasso. it 361

Conrad Ferdinand Meyer. Das Leiden eines Knaben
und andere Novellen. Mit Illustrationen von Reinhard Michl. it 470

Mirabeau. Der gelüftete Vorhang oder Lauras Erziehung
Aus dem Französischen von Eva Moldenhauer. Nachbemerkung von Norbert Miller. it 32

Eduard Mörike. Alte unnennbare Tage. Ausgewählte Gedichte
Herausgegeben und mit einem Vorwort von Hermann Hesse. Zeichnungen von Eduard Mörike und mit einem Essay von Wolf von Niebelschütz. it 246
– Die Historie von der schönen Lau
Mit Illustrationen von Moritz von Schwind und einem Nachwort von Traude Dienel. it 72
– Maler Nolten
Novelle in zwei Teilen. Mit zeitgenössischen Illustrationen und einem Nachwort von Wolfgang Vogelmann. it 404
– Mozart auf der Reise nach Prag
Eine Novelle. Mit Illustrationen von Hugo Steiner-Prag und einem Nachwort von Traude Dienel. it 376

Karl Philipp Moritz. Anton Reiser
Ein psychologischer Roman. Mit den Abbildungen der Ausgabe von 1785. it 433

August Klingemann. Nachtwachen von Bonaventura
Mit Illustrationen von Lovis Corinth. Herausgegeben und mit einem Nachwort versehen von Jost Schillemeit. it 89

Ovid. Liebeskunst
Mit etruskischen Wandmalereien. it 164

Petronius. Satiricon oder Begebenheiten des Enkolp
Übersetzt von Wilhelm Heinse. it 169

Romane, Erzählungen, Prosa

Edgar Allan Poe. Grube und Pendel
und andere Erzählungen. Mit einem Nachwort versehen von Franz Rottensteiner und Illustrationen von Harry Clarke. it 362

Jan Potocki. Die Handschrift von Saragossa
Herausgegeben von Roger Caillois. Aus dem Französischen von Louise Eisler-Fischer. Aus dem Polnischen von Maryla Reifenberg. Mit Bildern von Goya. Zwei Bände. it 139

Francisco de Queredo. Der abenteuerliche Buscón
Deutsch von H.C. Artmann. Nachwort von Fritz Schalk. Mit Illustrationen von Christoph Krämer. it 459

Thomas de Quincey. Mord als eine schöne Kunst betrachtet
Herausgegeben und eingeleitet von Norbert Kohl. Mit zeitgenössischen Illustrationen. it 258

Wilhelm Raabe. Die Chronik der Sperlingsgasse
Herausgegeben und mit Anmerkungen versehen von Hans Werner Peter. Mit Zeichnungen Wilhelm Raabes. it 370

François Rabelais. Gargantua und Pantagruel
Herausgegeben von Horst und Edith Heintze. Mit Illustrationen von Gustave Doré. Zwei Bände. it 77

Die Rache des jungen Meh
oder das Wunder der zweiten Pflaumenblüte.
Aus dem Chinesischen von Franz Kuhn. it 353

Die Räuber vom Liang Schan Moor
Aus dem Chinesischen von Franz Kuhn. Zwei Bände. it 191

Rainer Maria Rilke. Geschichten vom lieben Gott
Mit Illustrationen von E.R. Weiß. it 43
– Über den jungen Dichter
und andere kleine Schriften aus den Jahren 1906 bis 1926 in zeitlicher Folge. it 340
– Wladimir, der Wolkenmaler
und andere Erzählungen, Skizzen und Betrachtungen aus den Jahren 1893–1904. Ausgewählt und zusammengestellt von Volker Michels. Vignette und Zierleisten von Aubrey Beardsley. it 68
– Zwei Prager Geschichten
und »Ein Prager Künstler«. Mit Illustrationen von Emil Orlik. Herausgegeben von Josef Mühlberger. it 235

Insel taschenbücher
Alphabetisches Verzeichnis